La fille
du grand roi

Illustration de couverture :
Julien Delval

Debra Doyle
et James D. Macdonald

La fille du grand roi

Traduit de l'anglais par Anne Delcourt

BAYARD JEUNESSE

Ouvrage publié originellement par Troll Communications LLC
sous le titre : *Circle of Magic : The High King's Daughter*
© 1990 Troll Communications LLC

© Bayard Jeunesse, 2005
3, rue Bayard, 75008 Paris
ISBN : 2 7470 1365-0
Dépôt légal : octobre 2005

Loi 49 956 du 16 juillet 1949 sur les publications destinées à la jeunesse
Reproduction, même partielle, interdite

Tous droits réservés. La loi du 11 mars 1957 interdit les copies ou reproductions destinées à une utilisation collective. Toute représentation ou reproduction intégrale ou partielle faite par quelque procédé que ce soit sans le consentement de l'auteur et de l'éditeur est illicite et constitue une contrefaçon sanctionnée par les articles 425 et suivants du Code pénal.

Chapitre 1 : Le passage

P ortée par une rafale de vent, une bourrasque de pluie cinglante s'engouffra à l'intérieur de la cabane abandonnée. Le feu grésilla dans la cheminée de pierre, avant de mourir en une mince colonne de fumée grise. Randal de Doun soupira et rabattit sur son front la capuche de sa robe de sorcier pour se protéger du froid et de l'humidité.

Il entreprit de ranimer le feu. Ayant disposé avec soin le petit bois, il tendit les mains au-dessus du tas de branches et de brindilles en murmurant la formule d'embrasement.

Presque aussitôt, il ressentit l'impression caractéristique (et inoubliable) de légère secousse qui marquait toujours la réussite d'un sort. Pourtant, tout d'abord, rien ne se produisit. Puis, soudain, les flammes jaillirent, manquant atteindre les manches de sa robe. Le jeune garçon retira ses mains précipitamment et s'accroupit pour regarder prendre le feu, qui enfuma bientôt toute la pièce.

« Plus nous approchons du royaume des elfes, songea-t-il, plus notre magie humaine devient aléatoire. En temps normal, j'aurais allumé ce feu du premier coup, même en plein vent. C'est un sort que je maîtrisais déjà quand je n'étais qu'un apprenti ! »

L'entrée de la cabane s'assombrit un instant, signalant l'arrivée de son cousin Walter. De quatre ans son aîné, le jeune homme, qui, à vingt ans, était déjà chevalier, dut baisser la tête pour franchir la petite porte.

– Plus qu'un jour de réserves de nourriture dans nos sacoches, annonça-t-il, exhalant un nuage de vapeur dans l'air humide. Il faudrait que maître Madoc trouve le passage avant qu'on épuise nos rations.

Randal cessa d'alimenter le feu pour se tourner vers son cousin.

– Ça ne prendra plus longtemps, maintenant, je le sens, lui assura-t-il.

– Espérons-le.

Walter vint s'asseoir sur le sol en terre battue devant la cheminée, et approcha ses mains des flammes. De légères volutes de vapeur se mirent à s'échapper de sa cape détrempée.

– L'automne touche à sa fin. Si nous sommes encore là aux premières chutes de neige, quand les cols deviennent impraticables, nous nous retrouverons coincés ici sans provisions jusqu'au printemps.

Randal secoua la tête :

– Dès que nous aurons découvert le passage vers le royaume des elfes, les aliments terrestres ne nous serviront plus à rien. Ça, au moins, j'en suis sûr. Où sont Lys et Madoc ?

– D'après Madoc, il y a une source tout près d'ici. Ils sont partis à sa recherche pendant que je m'occupais des chevaux. Lys voulait rapporter de l'eau. Quant à Madoc... je n'ai pas bien compris ce qu'il comptait faire. Il a parlé de s'adresser aux collines et d'écouter le vent, si ça t'évoque quelque chose...

– Ça veut dire que nous ne sommes plus très loin du passage, traduisit Randal.

Il se perdit un moment dans la contemplation des spirales de fumée qui montaient du feu, avant de regarder son cousin :

– Tu as déjà parcouru un long chemin depuis le château du Bourdon. Tu peux encore faire demi-tour avant qu'on atteigne le passage. Moi, j'ai l'obligation de traverser, mais pas toi.

— Je t'ai donné ma parole ! protesta Walter. Crois-tu vraiment que je pourrais abandonner un ami, et un parent de surcroît, en de pareilles circonstances ?

— Non, admit Randal, mais il fallait que je te le rappelle. Contrairement aux apparences, quelque chose me dit qu'il ne va pas être aisé de repartir du royaume des elfes avec la princesse.

Walter eut un petit rire :

— Ne te berce pas d'illusions, cousin. Je ne vois rien dans cette nouvelle quête qui s'annonce facile. Occupe-toi de ramener la princesse dans son pays, à Carnouguel. Moi, je me charge de la suite.

— Que veux-tu dire ?

— Simplement qu'installer la princesse sur le trône de son père risque d'être encore plus compliqué que de forcer le passage du royaume des elfes. Voilà au moins vingt ans que le roi est mort, que sa fille a disparu, et qu'il n'y a plus personne pour gouverner Carnouguel. Sans monarque pour les contrôler, les grands seigneurs ont pris l'habitude de n'en faire qu'à leur tête. Quant aux gens du peuple, beaucoup ont été poussés hors du droit chemin par la peur ou l'avidité. Et regarde-nous : un chevalier errant, une musicienne étrangère et un compagnon sorcier. Fine équipe, pour faire naître l'ordre du chaos et persuader les comtes de prêter serment à une inconnue !

Une nouvelle bourrasque chargée de pluie pénétra dans la cabane. Quelques gouttes d'eau grésillèrent sur les charbons ardents, mais cette fois-ci le feu tint bon.

Randal s'emmitoufla dans sa robe, se rapprocha de la cheminée et se frotta les mains pour ramener un peu de vie dans ses doigts engourdis. Par temps froid et humide, la vilaine cicatrice qui barrait sa paume droite le faisait souffrir sans répit : de quoi garder toujours à l'esprit que certains actes ont des conséquences à vie…

– C'est vrai, concéda-t-il. Mais nous devons essayer malgré tout. Depuis notre plus tendre enfance, Carnouguel est confronté à la guerre et aux luttes de pouvoir. Nous avons eu de la chance, jusqu'ici. Le château de Doun est prospère et bien gardé, et la ville de Tarnsberg est protégée par la Schola. Mais, tôt ou tard, eux aussi finiront par être touchés par les troubles. Et je dois encore finir mes études, si je veux un jour devenir maître sorcier.

À cet instant, la frêle silhouette de Lys apparut sur le seuil. Comme toujours lorsqu'elle voyageait, la jeune Occitane aux cheveux noirs portait des vêtements de garçon. Elle tenait dans une main une outre en peau de chèvre et, dans l'autre, un luth dans son étui de cuir.

Elle alla suspendre l'outre à une cheville de bois, fichée dans l'une des poutres grossières du plafond bas. Puis elle s'assit à côté de Randal et se pencha sur son instrument. Le son discordant qu'il émit sous ses doigts lui arracha une grimace.

— Il a raison, Walter, dit-elle doucement en vérifiant les cordes l'une après l'autre. Tant qu'on a une chance de maintenir sa maison et sa famille à l'abri des conflits, ça vaut la peine d'essayer. Crois-moi, je sais de quoi je parle.

Elle se tut, ses yeux bleus assombris par les souvenirs, et Randal devina à quoi elle pensait. Tous les siens, une troupe de comédiens ambulants venus du Sud, avaient été assassinés par l'une des innombrables hordes de bandits qui infestaient Carnouguel.

Chacun se perdit dans ses réflexions. La jeune fille fit résonner une à une les cordes de son luth, insistant sur chacune jusqu'à obtenir la bonne tonalité. Puis elle entama un air mélancolique, qui parut s'élever avec la fumée du feu avant d'aller se perdre dans les poutres du plafond.

Ah, comme j'aspire à retrouver
Le doux pays qui m'a vue naître
Où poussent le joli sorbier
Le chêne rouvre et le hêtre
Qui chaque printemps reverdissent
Au doux pays de mon enfance.

Dehors, le vent continuait à gémir et à gronder. La lumière terne de cette morne journée diminua peu à peu, et l'entrée ne fut bientôt plus qu'un petit rectangle noir. Enfin, un bruit de pas se fit entendre sur le seuil, et Randal vit entrer Madoc le Voyageur. La pluie ruisselait sur ses cheveux châtains et sa courte barbe, dégoulinait des bords de sa tunique safran et de sa cape de lainage gris. Le maître sorcier paraissait à bout de forces, comme s'il avait peiné longtemps à accomplir une tâche éprouvante, ou des sorts ardus.

— Le passage vers le royaume des elfes n'est plus qu'à quelques heures de cheval, annonça-t-il en se joignant au petit groupe devant la cheminée. Je vous y conduirai demain dès le lever du soleil. Mais je n'irai pas plus loin. Lorsqu'un être humain quitte le royaume des elfes de son plein gré, jamais il ne peut y retourner. Or, j'en suis déjà revenu une fois.

Randal tisonna le feu avec une brindille, suivant des yeux les étincelles qui voletaient dans la fumée.

— À quoi ressemble ce royaume ? demanda-t-il. Je n'en sais que ce que les maîtres nous ont dit à la Schola : que les démons et les elfes vivent dans des mondes différents du nôtre, où les lois qui régissent le temps et l'espace chez nous n'existent pas. Je n'ai jamais eu de contact avec le monde des elfes, mais j'ai déjà eu affaire à des démons... Et s'il y a le moindre point commun entre eux...

Madoc eut un rire las :

— Je ne dirais pas cela, mon garçon. Évite de faire ce genre de remarque à portée d'oreille d'un elfe... Je ne suis pas sûr que cela l'amuserait.

Balayant les cordes de son luth, Lys esquissa un accord montant qui résonna comme une question.

— Dans les histoires et les chansons, on parle toujours des dangers du royaume des elfes, intervint-elle. Êtes-vous en train de dire que ce ne sont que des mensonges ?

— Plutôt la vérité telle que les gens la voient, nuança Madoc. On y rencontre autant de merveilles que de dangers. Le plus grand risque est de ne pas vouloir en repartir.

– Est-ce si beau que cela ? demanda Walter, intrigué.

– La beauté n'est pas sa qualité principale, répondit le maître sorcier avec une pointe de tristesse. Certes, ce n'est pas pour rien qu'on l'a surnommé le Doux Royaume. Mais tout ce qui est soumis aux attaques du temps, tout ce qui, ici, chez les hommes, finit par perdre son éclat, par s'user ou se décomposer, reste intact au royaume des elfes. Les épées n'y sont pas rongées par la rouille, les instruments de musique ne se désaccordent jamais, fruits, bourgeons et jeunes feuilles poussent sur la même branche... et la magie est d'une puissance et d'une subtilité sans égale.

Le maître sorcier soupira :

– Moi qui aurais souhaité rester pour toujours dans ce royaume, j'en suis reparti, pourtant. Après avoir placé la fille du roi sous la protection des elfes, je suis revenu à Carnouguel pour aider son père, mon ami, à combattre ses adversaires. Mais comme le temps s'écoule d'une drôle de manière au royaume des elfes, lorsque j'ai regagné le monde des humains, je l'ai trouvé mort et enterré.

Lys releva la tête de son luth.

– J'ai entendu parler de voyageurs qui croyaient n'avoir passé qu'une nuit au royaume des elfes, alors qu'ils y avaient séjourné des années. Et d'autres histoires aussi... Est-il vrai qu'il ne faut jamais y accepter ni boisson ni nourriture ?

— Dans ce cas, tu mourrais de faim et de soif, fit Madoc avec un petit sourire. Non, les fruits du royaume des elfes ne sont pas empoisonnés, et les manger n'y retient pas les gens prisonniers pour toujours. En revanche, tous ceux qui y goûtent en sont changés.

Le sorcier se tut. Lys jouait un air lancinant aux accords mineurs qui s'harmonisait parfaitement avec l'humeur de Randal. L'obscurité s'était épaissie, le bois brûlait maintenant à petit feu, et les quatre voyageurs finirent par s'endormir, malgré le froid et l'inconfort.

Le lendemain, dans la grisaille de l'aube, les quatre amis sellèrent les montures qu'ils chevauchaient depuis le château du Bourdon et se mirent en route en silence. Au bout de quelques heures, ils parvinrent en haut d'une petite chaîne de collines, derrière laquelle une mer couleur ardoise s'étendait à perte de vue vers le nord. Depuis des jours, ils parcouraient une terre rocailleuse, couverte d'ajoncs et de bruyère. Or, devant eux, la côte était tapissée d'une herbe drue d'un vert profond. Des bouleaux argentés poussaient sur tout le flanc de la colline, du sommet jusqu'au rivage.

Walter mit son cheval au pas pour longer la ligne de crête.

— Cet endroit ne m'inspire pas confiance, avoua-t-il à Madoc. Nous n'avons pas vu un arbre ni un brin d'herbe depuis des semaines ! Et ce matin encore, il n'y avait pas le moindre soupçon d'iode dans l'air.

— Nous sommes arrivés au passage vers le royaume des elfes, répondit le sorcier. Êtes-vous prêts à me suivre ?

— Si c'est le seul moyen de ramener la paix et la prospérité à Carnouguel, rien ne pourra m'arrêter, affirma Walter en s'élançant au trot.

Randal éperonna sa monture afin de le rattraper. Lys et Madoc partirent derrière, à un rythme plus lent, et ils s'engagèrent tous quatre entre les minces troncs blancs des bouleaux. Bientôt, Randal s'aperçut que le bois était plus profond qu'il ne l'avait imaginé.

— J'entends l'océan devant nous, dit-il à Madoc. Quand y arriverons-nous ?

— Nous ne sommes plus très loin, affirma le sorcier.

En effet, quelques instants plus tard, ils débouchèrent brusquement sur le rivage, sous un ciel lourd de nuages.

— Continuez tout droit, leur indiqua Madoc. Moi, je ne peux pas aller plus loin.

Randal, Walter et Lys firent entrer leurs chevaux dans la mer dont le niveau atteignit bientôt le ventre des bêtes.

— Mais… elle est chaude ! s'étonna Lys.

Ils s'arrêtèrent pour examiner le fond. L'eau était salée, ce qui n'avait rien de surprenant. En revanche l'océan, qui, du haut des collines, leur avait paru d'un gris de plomb, était maintenant d'une transparence cristalline, laissant voir un fond sableux du blanc le plus pur.

Des poissons zébraient le courant de taches jaunes, rouges et bleues d'un vif éclat.

— Je connais les eaux du Sud, et j'ai navigué sur les mers de l'Ouest, déclara Walter, mais c'est bien la première fois que je vois un océan comme celui-ci. Dans quel drôle d'endroit nous as-tu amenés, Randal ?

Ce dernier, qui avait vu la mer à Tarnsberg et à Widsegard, secoua la tête avec perplexité avant de se retourner vers Madoc, qui les observait depuis le rivage.

— Les rivières qui se jettent dans cet océan ne prennent pas leur source chez les mortels, expliqua le maître sorcier. Continuez ! Haut les cœurs, car vous avez atteint la frontière qui sépare notre monde du royaume des elfes.

Sur ces mots, il tourna bride et disparut entre les bouleaux.

– Allons-y ! lança Randal.

Il éperonna sa monture, imité par ses amis, et ils s'enfoncèrent plus avant dans cette mer étrange. Bientôt, ils ne virent plus derrière eux ni le bois ni la côte. Cependant, curieusement, le niveau de l'eau restait toujours le même. L'air était lourd, sans un souffle de vent, et le soleil, si toutefois il brillait encore quelque part dans le ciel, était masqué par de sombres nuages bas.

Puis une ligne noire apparut à l'horizon, et se précisa à mesure qu'ils s'en approchaient. C'était un banc de terre grisâtre, tapissé de mousse, qui ne tarda pas à se dresser au-dessus d'eux. Ils abordèrent la terre ferme et gravirent le promontoire au galop, passant du même coup de l'ombre au soleil. Au moment où ils parvenaient au sommet, les derniers nuages se dispersèrent, comme brûlés par le soleil. Devant eux, sous un ciel d'un bleu saphir immaculé, s'étendait une vaste prairie couleur d'émeraude.

Se retournant sur sa selle pour mesurer le chemin parcouru, Randal étouffa un cri de surprise. Le bras de mer qu'ils venaient de traverser s'était volatilisé, remplacé par une prairie sans fin.

« Avons-nous vraiment pris le bon passage ? se demanda-t-il. Si c'est le cas, alors en effet, la magie des elfes ne fonctionne pas comme celle des sorciers. »

Walter interrompit le cours de ses pensées :

— Bon, et maintenant, Randal, par où allons-nous ?

Trois chemins partaient dans des directions différentes à travers le paysage vallonné. À droite, un sentier étroit et escarpé gravissait les collines. Jonché de cailloux et de rochers pointus, il était bordé de chaque côté par des broussailles et des ronces aux épines menaçantes.

— Si nous prenons celui-ci, commenta Walter en le désignant, nous devrons avancer à la queue leu leu, sans pouvoir accélérer. S'il n'y avait que moi, c'est celui que je choisirais. Un seul homme peut s'y défendre contre tout un groupe.

À gauche, deux pierres dressées marquaient le début d'un long chemin, large et plat, qui se perdait dans le lointain.

— Ces pierres me donnent la chair de poule, dit Lys avec un frisson. Elles me font penser à des dents de géant. Certes, on peut y galoper facilement. Mais si quelqu'un nous poursuivait, il n'aurait aucun mal à nous rattraper.

Droit devant eux, le troisième chemin se déroulait comme un tapis sur l'herbe plus claire de la prairie, et s'éloignait en serpentant doucement entre les collines.

— Je choisirais celui du milieu, déclara Randal après réflexion. Il n'a l'air ni trop facile, ni trop difficile, et il est plus agréable à regarder que les deux autres. Nous sommes dans le Doux Royaume, après tout.

Ils s'y engagèrent, sous un ciel pommelé de légers nuages blancs. L'air était pur et parfumé, et un vent tiède caressait les hautes herbes de chaque côté du chemin. Vers le coucher du soleil, ils atteignirent le sommet d'une petite colline, où poussait un arbre isolé. Devant eux, le ruban d'herbe plus sombre de la route poursuivait sa course sinueuse vers le nord.

Les trois compagnons s'arrêtèrent à côté de l'arbre, dont les branches étaient chargées de gros fruits ronds et dorés. Assise sous le feuillage, une jeune femme aux cheveux noirs, vêtue d'une robe de velours vert pré, enfilait des perles de verre sur un lacet, l'air absorbé par sa tâche. Ses longues mains fines travaillaient avec une précision pleine de grâce. Sa chevelure dénouée ruisselait de son front blanc telle une rivière. Randal songea qu'elle aurait presque pu être humaine. Presque, s'il n'y avait eu dans ses traits une beauté irréelle, une sorte de perfection ivoirine que n'entachait nul défaut. Une beauté, pour reprendre les paroles de Madoc, que le temps ne viendrait jamais altérer.

La jeune elfe, posant son collier, se leva pour les saluer. Elle s'adressa à eux dans une langue musicale, dont Randal eut du mal à saisir le sens, en leur tendant des fruits dorés dans une coupe en bois sculpté.

– Je crois qu'elle nous demande de les manger, dit le sorcier. Si nous voulons être les bienvenus ici au royaume des elfes, nous devrions sans doute accepter.

Il se pencha pour s'emparer d'un fruit. Lys se servit à son tour, et Walter l'imita après une courte hésitation. La demoiselle en vert, prenant le dernier fruit, le porta à sa bouche et mordit dedans.

Le jeune chevalier jeta un coup d'œil furtif à son cousin :

– Et maintenant ?

Randal soupesa le fruit dans sa main. Il paraissait mûr à point et gorgé de jus. Après les rations de route dont ils se contentaient depuis des semaines, son parfum riche et entêtant le fit saliver : il sentait le miel mêlé d'épices.

— Madoc a dit que les fruits du royaume des elfes ne pouvaient ni nous tuer, ni nous retenir prisonniers, rappela-t-il enfin. Et je suis prêt à tenter ma chance dans n'importe quelle autre aventure, quelle qu'elle soit.

Il croqua le fruit à la chair jaune, moelleuse et sucrée, dont le jus poisseux coula sur son menton. Lorsqu'il releva les yeux, les collines, où ne poussaient un instant plus tôt que de l'herbe et des fleurs sauvages, étaient constellées de petites maisons. Un peu plus loin se dressait un château, tout scintillant d'or et de cristal.

— Bienvenue au royaume des elfes, dit la jeune femme avec un sourire accueillant teinté de triomphe. Nous guettions votre venue depuis longtemps. Le roi vous attend.

Chapitre 2 : Le banquet du roi des elfes

– Mettez pied à terre et venez avec moi, leur dit la jeune elfe. Vous n'avez plus besoin de vos chevaux. On s'en occupera pour vous. Vous verrez, il est agréable de se promener à pied dans ces environs.

Randal sentit peser sur lui le regard indécis de ses amis. Pendant leur enfance au château de Doun, Walter, à titre d'aîné, avait toujours pris l'initiative, et le jeune sorcier était un peu gêné de voir maintenant son cousin se tourner vers lui pour solliciter ses conseils.

Cependant, il se raisonna : « Je connais assez Walter pour savoir que, lorsqu'il s'en remet à mon jugement, il le fait sans réserve. Alors, à moi de décider. »

Il recracha le noyau du fruit dans l'herbe avant de descendre de cheval. Un tintement métallique et le frottement du cuir dans son dos lui signalèrent que ses compagnons avaient suivi son exemple.

— Venez avec moi, répéta l'elfe en empruntant le chemin qui descendait la colline en direction du château.

Ils lui emboîtèrent le pas en menant leurs montures par la bride.

La route était bordée d'étranges fleurs aux pétales blanc et or, d'apparence surnaturelle. Sous leur parfum douceâtre, Randal sentit percer les relents écœurants de la viande faisandée.

Il fronça les sourcils. Madoc n'avait rien évoqué de tel. Il glissa un coup d'œil vers ses amis, mais ni le chevalier ni la joueuse de luth ne semblaient incommodés par l'odeur des fleurs.

Chassant cette pensée, Randal continua son chemin sur les traces de son guide. Lorsqu'ils parvinrent enfin au château, les pittoresques tours dorées lui apparurent soudain ternies, comme recouvertes d'une mince pellicule de suie. Quant aux vitres des fenêtres, qu'il avait vu étinceler au loin, il les découvrait maintenant sales et craquelées.

« Il y a quelque chose d'anormal, songea-t-il en franchissant le pont-levis sur les pas de la jeune elfe. Nous ne sommes pas dans le royaume de la beauté inaltérable que Madoc nous a décrit ! »

Entrant dans la tour qui jouxtait le corps de garde, leur guide les conduisit dans une enfilade de pièces.

— Rafraîchissez-vous et mettez-vous à l'aise, leur dit-elle. Vous pouvez aller et venir à votre guise, tant que vous regagnez la grande salle au signal du cor. Il annonce le début du banquet. Le roi serait très déçu de ne pas vous y voir.

Là-dessus, elle s'inclina et se retira. Les trois amis se séparèrent pour se rendre chacun dans leur chambre. Une fois seul dans la sienne, Randal puisa de l'eau dans une vasque de cristal pour se débarbouiller. Bien que le feu brûlât dans la cheminée, il frissonna au contact de l'air frais sur sa peau humide. Intrigué, il s'approcha de l'âtre, et s'aperçut que les flammes ne diffusaient aucune chaleur.

Peut-être s'agissait-il d'une illusion? « Si c'est cela, la magie des elfes, pensa-t-il, alors maître Madoc se montre bien indulgent. N'importe quel sorcier humain pourrait en faire autant, en soignant davantage les détails. »

Il s'éloigna de la cheminée pour prendre un gobelet d'argent sur la table de chevet. Le retournant dans sa main, il découvrit sans surprise que les courbes et les volutes qui ornaient la timbale étaient noircies. Il la reposa pour revêtir les habits propres qu'on avait préparés sur son lit.

Après avoir enfilé la tunique, les chausses et les

bottes de daim souple, il déplia sa robe de compagnon. La solide pièce de lainage, neuve lorsqu'il avait quitté la cité-État de Peda, avait été mise à rude épreuve depuis son départ du Sud. Or, à son grand étonnement, voilà qu'il avait entre les mains une robe de velours noir doublée de soie. Il l'examina. Elle avait été montée d'une seule pièce, sans la moindre couture apparente.

« Il faut croire qu'il reste encore quelques merveilles au royaume des elfes », songea-t-il en secouant la tête. Il passa le luxueux habit, sortit de sa chambre et alla rejoindre ses compagnons dans la cour du château. Walter portait un surcot de soie sur une cotte de mailles étincelante, et Lys, une tunique et des chausses de satin vert émeraude brodées de fils d'or. Ils se dévisagèrent un moment en silence.

Enfin, Lys se tourna vers Randal :

– Qu'est-ce qu'on fait maintenant ?

– Le mieux serait de trouver la princesse et de repartir au plus vite, répondit le jeune sorcier. Il se passe ici des choses qui m'échappent.

À cet instant, les portes du château s'ouvrirent pour livrer passage à un groupe de jeunes elfes, montés sur de fougueux chevaux noirs. Leur chef fit un signe de la main à Walter :

– Holà, messire chevalier ! Nous partons à la chasse. Voulez-vous nous accompagner ?

Walter consulta Randal du regard.

– Pourquoi pas ? fit celui-ci en haussant les épaules. Une quête en vaut bien une autre. Peut-être trouveras-tu la fille du roi en chemin.

L'un des elfes amena un cheval sellé. Walter l'enfourcha et disparut à leur suite.

Lys et Randal poursuivirent leur chemin. Tout à coup, une voix claire leur parvint d'une pièce voisine, dont la porte était entrebâillée. Quelqu'un chantait au son cristallin d'une harpe.

– De la musique ! s'exclama Lys, ravie, en s'élançant dans cette direction.

Le jeune sorcier demeura dans la cour.

« Les plaisirs du royaume des elfes les ont éloignés tous les deux, songea-t-il. Suis-je le seul à distinguer le verre craquelé et l'argent terni ? La perfection que voient les autres ne peut pas être une illusion, sinon je le sentirais. Mais ce que je vois est tout aussi réel. Peut-être est-ce simplement une autre réalité, qui n'est destinée qu'à moi. »

« Mais pourquoi moi ? » Il soupira, incapable de trouver une explication. « J'ai besoin de prendre un peu de recul pour réfléchir. »

Passant entre deux piliers de cristal incrustés d'argent, il franchit la grande porte du château et se dirigea vers un monticule en forme de champignon qui s'élevait dans la plaine. « Il y avait une colline comme celle-ci près du château de Doun, se rappela-t-il. J'y montais souvent quand je cherchais la solitude. »

Ce qui paraissait une bonne idée jadis semblait l'être encore davantage aujourd'hui. Randal gravit la pente et, une fois au sommet, s'étendit de tout son long dans l'herbe douce. À cette distance, les tours de cristal du château étincelaient dans la lumière du matin, et les signes de délabrement étaient imperceptibles.

Randal se sentit gagné par la tristesse. « Voici donc le Doux Royaume dont Madoc parlait avec tant de nostalgie, pensa-t-il. Ce n'est pas ainsi que je l'avais imaginé. »

Se redressant pour s'asseoir dos au château, il vit surgir au loin des cavaliers montés sur des chevaux noirs, portant de grandes bannières vertes. Un frisson le parcourut.

« Je les ai déjà vus ! Le jour où j'ai fait la connaissance de maître Madoc au château de Doun, lorsque j'ai lu l'avenir dans le bol. Et je les ai revus une deuxième fois en rêve. Ils ont bien failli m'attraper, cette fois-là. »

Les cavaliers se rapprochaient à toute vitesse, leurs bannières claquant au vent. Randal envisagea de fuir. Mais où ? Pas le temps de réfléchir, ils étaient sur lui. Déjà, il discernait leurs traits pâles sous les chapeaux noirs ornés de plumes de faisan ou de fleurs de bruyère. Leurs capes noires battaient dans leur dos.

« Si je fuis, vais-je me retrouver piégé entre des murs invisibles, comme dans mon rêve ? se demanda le jeune sorcier. Non, ce rêve était un bon rêve, même s'il était effrayant. Sans lui, je n'aurais jamais choisi la voie de la sorcellerie. Il est un peu tard pour que je nie son pouvoir en prenant mes jambes à mon cou. »

Il se leva pour faire face aux cavaliers. Ils étaient maintenant plus près de lui qu'ils ne l'avaient jamais été dans son rêve. Il distinguait les dents des chevaux et les franges d'écume sur leurs flancs luisants de sueur. Ils gravirent la pente en ligne droite, chargeant sur lui.

Le cavalier qui chevauchait en tête se pencha en avant et tendit un bras. Sans ralentir sa course folle, il saisit Randal et le mit en selle derrière lui. Le jeune homme s'agrippa à la ceinture de l'inconnu. « Si je tombe, pensa-t-il, je serai piétiné. » Pas une parole ne fut prononcée. Il n'y avait pas d'autre bruit que le tonnerre des sabots sur le tapis d'herbe et le claquement des bannières.

Brusquement, le ciel s'obscurcit, annonçant un orage imminent. Les chevaux, plus rapides que le vent, foulaient maintenant un amas de cailloux. Enfin, ils s'arrêtèrent au sommet d'une petite colline dénudée, à l'intérieur d'un cercle de hautes pierres dressées. En son centre se trouvait un siège massif, taillé à même un bloc de roche noire. Un elfe y était assis, vêtu de robes sombres comme la nuit, ses cheveux bruns retenus par une simple couronne d'argent.

Il avait un visage pâle et grave, des yeux noirs, insondables, abrités par une barre de sourcils noirs et réguliers. La majesté de son allure, la symétrie parfaite de ses traits, que Randal avait déjà observée chez la jeune elfe et les cavaliers, conféraient à l'inconnu quelque chose de surnaturel. Il ne pouvait s'agir que du roi des elfes en personne.

Les cavaliers mirent pied à terre, et Randal les imita. Le tonnerre gronda. Les elfes se placèrent en demi-cercle. Le jeune sorcier avança d'un pas vers le trône du roi et s'agenouilla.

– Vous m'avez convoqué, Votre Majesté.

– Oui, acquiesça le roi d'une voix profonde.

Longtemps, il dévisagea Randal sans mot dire, d'un œil aussi sombre que les nuages, aussi perçant que les éclairs qui déchiraient le ciel, et le jeune sorcier dut prendre sur lui pour soutenir son regard sans ciller.

– Tu sais qui je suis, reprit enfin le roi.

– Oui, Votre Majesté.

– Pourtant, tu ignores tout de ma nature.

Le roi se leva et se mit à marcher de long en large, les pans de sa robe voguant derrière lui comme des nuages poussés par la tempête.

– Tu es un sorcier dans le monde des mortels. Tu es donc familier des lois qui gouvernent la magie. Tu ne peux pas mentir si tu veux que ta magie continue à t'obéir. Ici, notre magie est encore plus pure et intransigeante. Un sorcier mortel peut parfois prendre des libertés avec les termes d'une promesse, à condition d'en conserver l'esprit. Or cela m'est interdit. Si je m'engage à faire quelque chose, ou à ne pas le faire, alors je dois m'y tenir, en respectant mot pour mot ce que j'ai dit.

Il s'arrêta, se rassit sur son trône et, de nouveau, fixa Randal de son regard sombre et impassible.

– Alors, échangerais-tu ta magie humaine contre la puissance de celle des elfes, maintenant que tu en connais le prix ?

Randal songea à toutes les fois où il avait usé de

demi-vérités pour induire les autres en erreur et se tirer d'un mauvais pas. Il répondit avec franchise :

— Non, Votre Majesté.

Toujours à genoux, il leva la tête vers le roi.

— Mais je crois deviner que vos cavaliers ne m'ont pas amené ici uniquement pour parler de magie. Qu'attendez-vous de moi que seul un sorcier mortel puisse vous apporter ?

Un nouveau coup de tonnerre retentit au loin.

— Que tu sauves mon royaume, répliqua le roi.

Randal songea à la saleté et au délabrement qu'il semblait être le seul à percevoir.

— Mais comment ?

N'obtenant pas de réponse, il baissa les yeux, pour s'apercevoir que sur la terre stérile qui s'étendait à ses pieds, une herbe bien verte avait poussé.

Le vent violent et l'orage s'en étaient allés, et une douce brise lui caressait maintenant les cheveux, tandis qu'un rayon de soleil réchauffait ses épaules.

Lorsqu'il releva la tête, le roi et tous ses cavaliers avaient disparu. À présent, il était agenouillé devant une tonnelle de rosiers chargés de grosses fleurs rouges et blanches, qui embaumaient l'air. Mais cette fois encore, mêlée à la douceur, lui parvint une légère odeur de décomposition.

Sous la tonnelle, une jeune femme en robe de soie verte était assise, toute seule, sur un banc de marbre blanc. Elle semblait à peine plus âgée que Randal (qui lui donna à peu près l'âge de Walter) et ses cheveux dénoués, ruisselant jusqu'à sa taille, avaient la couleur de l'argent vieilli. Une bannière de soie bleue s'étalait sur ses genoux. Piquant et repiquant une aiguille dans le tissu, elle brodait au fil d'argent un daim bondissant, surmonté d'une couronne royale.

« J'ai déjà vu cette bannière, se rappela Randal. Et je me souviens que, petit, au château de Doun, j'ai entendu messire Iohan parler de cette même bannière flottant sur le Champ des Rois le jour du couronnement. Ce sont les armes royales de Carnouguel. Et c'est la fille du roi, j'en suis sûr. »

– Madame, déclara-t-il, je crois savoir qui vous êtes, mais j'ignore votre nom.

Posant sur lui des yeux d'un vert encore plus intense que celui de sa robe, la jeune femme le fixa sans sourire. Son regard était au moins aussi intimidant que celui du roi des elfes.

– Mon nom est Diamante, dit-elle enfin. Je suis la fille du roi de Carnouguel, et la fille adoptive du roi des elfes. Et vous ?

— Randal de Doun. Compagnon sorcier et ami de Madoc le Voyageur, le sorcier qui vous a amenée ici.

Il s'interrompit pour prendre une profonde inspiration avant de se lancer :

— Votre royaume natal a besoin de vous, et je suis venu pour vous y ramener.

La jeune femme cousit un nouveau point dans la soie.

— Il y a de cela des années, dit-elle en tirant le fil d'argent de ses doigts fins, mon père adoptif a fait la promesse de me garder ici. Et aussi fort que lui et moi puissions souhaiter mon départ, les lois de son royaume le contraignent à respecter rigoureusement son serment.

Randal réfléchit un moment :

— Pourquoi le roi des elfes souhaiterait-il vous voir repartir ? S'il a pour vous l'amour d'un père pour sa fille, il doit être conscient des risques auxquels un tel voyage vous exposerait.

— Peut-être, mais quel que soit l'amour qu'il a pour moi, son royaume compte plus encore. De tous les pays du monde des humains, Carnouguel est le plus proche de celui des elfes. C'est là que les frontières sont les plus minces, et les troubles qui perturbent mon pays d'origine affectent également mon royaume d'adoption. Vous vous êtes sûrement rendu compte de son état...

– En effet, confirma Randal d'un ton hésitant. Mais comment se fait-il que mes amis, eux, ne perçoivent ni les craquelures ni les ternissures ?

– Vous êtes un sorcier, expliqua Diamante. Votre formation a aiguisé votre vision intérieure. Ainsi, vous pouvez voir la substance même d'une chose, sans être arrêté par l'apparence qu'elle revêt.

La princesse piqua de nouveau dans le tissu.

– Ne jugez pas vos amis trop sévèrement. Dans ce domaine, la plupart des elfes sont aussi aveugles qu'eux.

– Le roi des elfes a demandé à un sorcier mortel de sauver son royaume, murmura Randal. Mais pourquoi moi ? Je ne suis qu'un compagnon, même pas un maître.

– C'est vous qui avez répondu à l'appel. Dites-le-moi sincèrement, Randal de Doun, vous avez déjà rêvé du royaume des elfes, n'est-ce pas ?

– Je l'ignorais, à l'époque, répondit-il en se remémorant son vieux cauchemar. Mais j'en ai rêvé, oui.

– C'est moi qui ai provoqué vos rêves. J'ai envoyé des messages au hasard, comme on jette une bouteille à la mer. Je cherchais quelqu'un qui soit prêt à venir me libérer. Quant au roi des elfes, qui sait ce qu'il cherche... Il détient un pouvoir immense dans son royaume, mais il ne peut agir à l'extérieur.

À cet instant, un cor retentit dans le lointain. Diamante broda un dernier point, noua son fil et le rompit.

– Voilà, j'ai fini, dit-elle.

Elle se leva après avoir soigneusement plié son ouvrage :

– Nous en reparlerons plus tard. L'heure n'est pas à échafauder des plans. Voilà le cor qui annonce le début du banquet. Toute la cour doit s'y présenter, et vous également, sous peine de susciter la colère du roi. Venez avec moi.

Elle se retourna et, sa bannière à la main, marcha droit sur le mur épineux que formait la tonnelle. Randal la suivit. Au dernier moment, les branchages s'écartèrent pour révéler la grande salle du château étincelant d'or, d'argent et de cristal. Randal n'avait pas vu une telle splendeur depuis son séjour à Peda[1], dans le palais du prince Vespien. Il admira les bougeoirs incrustés de pierres précieuses où brûlaient des chandelles de cire d'abeille, les grands miroirs qui reflétaient leurs flammes dansantes sur les murs.

---

1. Danger au palais.

Le roi des elfes, vêtu de sa robe sombre, trônait à la table principale. À sa droite se tenaient déjà Walter et Lys. Diamante alla s'asseoir à sa gauche, en faisant signe à Randal de prendre place à côté d'elle.

– Nos hôtes sont tous là, déclara le roi. Que la fête commence !

À ce signal, des musiciens invisibles se mirent à jouer une douce mélodie, d'une beauté surnaturelle. Randal se rappela soudain le jour où, pour divertir les convives d'un banquet au château de Doun, maître Madoc avait fait surgir du néant des notes magiques. « Avait-il entendu cet air lors de son séjour chez les elfes ? se demanda-t-il. Était-ce pour cela que sa musique était si triste ? »

Au son des instruments, des plats chargés de nourriture apparurent en flottant dans les airs, sans que Randal perçoive la résonance magique censée trahir un sort de lévitation. Devant chaque convive était disposée une assiette d'or et d'argent, que des mains fantômes garnirent de viande rôtie et de pain blanc.

Randal saisit le couteau à manche d'ivoire posé à côté de son assiette et coupa un morceau de viande. Sur le point de le porter à la bouche, il hésita. « J'ai déjà goûté aux fruits du royaume des elfes, se raisonna-t-il. Pourquoi reculer maintenant ? »

Il planta les dents dans le morceau de viande. Sans les bonnes manières que lui avait données son éducation, et sans la maîtrise de soi acquise lors de sa formation de sorcier, il n'aurait pu réprimer un cri de dégoût : la viande était carbonisée, et même les épices ne pouvaient cacher qu'elle était avariée.

Il glissa un coup d'œil en direction de Lys et Walter, mais ni l'un ni l'autre ne semblaient rebutés. Diamante non plus, encore que la froideur de ses yeux verts eût suffi à masquer chez elle la moindre émotion. « Quant au roi… Qui peut se vanter de connaître ses pensées ? » songea Randal.

Il se força à manger. Tout en mastiquant la viande faisandée, il inspecta des yeux la grande salle et constata que, ici aussi, la splendeur du royaume des elfes avait subi des outrages. Les assiettes étaient ébréchées et ternies, tout comme les gobelets de cristal.

Lorsque la musique se tut, les convives applaudirent. Le roi s'adressa alors à Lys :

– Chante pour nous, mon enfant, je te prie. Car ici, au royaume des elfes, nous apprécions particulièrement la musique des humains. De tous les mortels, ce sont les ménestrels qui nous sont les plus chers.

Lys se leva et s'inclina devant le roi :

– Avec joie, Votre Majesté. Mais je n'ai pas mon luth avec moi. Me permettez-vous d'aller le chercher ?

– C'est inutile, répliqua le roi. Prends celui-ci.

Il frappa une fois dans ses mains, et l'un des serviteurs invisibles qui avaient apporté la viande remit un luth à la jeune fille.

Après un instant de stupeur, celle-ci glissa la bandoulière de l'instrument par-dessus sa tête et vint se placer en face du roi et de sa fille adoptive. Elle hésita un moment, l'air pensif, effleurant distraitement les cordes, avant d'entamer sa chanson.

Ce matin de par les ruelles
Circulent d'étranges nouvelles,
Mon ami aurait trépassé
Ou bien se serait marié.

Comme souvent lorsqu'il écoutait chanter Lys, Randal eut l'impression que le temps ralentissait, puis s'arrêtait. Bientôt, le calme l'envahit. Il n'avait ressenti une telle sérénité qu'une fois auparavant. C'était par une nuit de tempête, à Widsegard, où il s'était réellement trouvé hors du temps, en grande discussion avec le fantôme de son professeur, maître Laerg.

Cette nuit-là, il avait frôlé la mort, et quitté la dimension temporelle avec une facilité inquiétante. Là, assis à la table de ce banquet, il comprit que l'absence de temps était la vraie particularité du royaume des elfes.

Tout à coup, il s'aperçut qu'il n'était pas seul dans ce cercle d'immobilité. Le roi avait quitté la place d'honneur pour le rejoindre. Le jeune sorcier, se tournant vers lui, croisa son regard sombre.

— Que voulez-vous de moi ? lui demanda-t-il.

— Parler. Simplement parler. Le banquet te plaît-il ?

Randal garda le silence. « Un sorcier ne ment pas. Mais un homme sage ne provoque pas un monarque dans son propre château. »

— Allons, réponds, dit le roi. Que penses-tu de ce que nous mangeons ici ?

Randal prit une profonde inspiration. « Puisqu'il insiste pour me faire dire ce que je pense, songea-t-il, autant le lui avouer sans détour. »

— Je mangeais mieux à Carnouguel lorsque j'étais garçon d'écurie et que je recevais des restes pour tout salaire.

Il s'attendait à une explosion de colère, qui n'eut pas lieu. Le roi se contenta de hocher la tête avant d'ajouter :

— Bon. Et ma salle de banquet ?
— L'argent est terni, et le verre craquelé.
— Bon, répéta le roi. Encore une question, jeune sorcier. Dans quel état trouves-tu mon royaume ?
— Pitoyable. Les flammes n'y procurent aucune chaleur, et les fleurs pourrissent avant même de faner.

De nouveau, le roi hocha la tête.

— Peu de mortels peuvent discerner la vraie nature de cet endroit. Tu es l'un de ceux-là. Même mon propre peuple ne perçoit pas la décrépitude du royaume. Je suis le seul à la voir. Moi, et peut-être ma fille adoptive. Elle a tenté de s'échapper une demi-douzaine de fois pour regagner son pays natal, mais nos lois l'en ont empêchée. Maintenant, tu la vois, toi aussi, et je sais que tu es venu pour nous aider.

Randal ouvrit la bouche pour protester, mais le cercle d'immobilité se brisa avant qu'il en ait eu le temps. Le roi avait retrouvé sa place d'honneur à la table principale, et la chanson de Lys touchait à sa fin.

En entendant cette rumeur
Je n'ai pu retenir mes pleurs,
Car mon amour on m'a volé
La nuit, tandis que je dormais.

L'auditoire la couvrit d'applaudissements, et le roi fut sans doute le plus bruyant de tous.

– Une performance digne des plus grandes cours royales, déclara-t-il. Exige ce que tu veux, mon enfant, et tu l'auras.

Le silence se fit dans la salle du banquet. Lys jeta un coup d'œil interrogateur à Randal. Celui-ci regarda tour à tour la musicienne et le roi, qui ne dit rien. Le jeune sorcier adressa alors à son amie un bref hochement de tête.

Elle lui répondit d'un sourire furtif avant de s'adresser au roi.

– Donnez-nous votre fille adoptive, la vraie reine de Carnouguel, dit-elle d'une voix qui porta jusqu'au fond de la salle.

Chapitre 3 : L'entre-deux mondes

En un instant, tout s'obscurcit. Le banquet des elfes disparut, et Randal se retrouva au milieu d'une vaste plaine. Il faisait nuit, mais à l'horizon le soleil lançait vers le ciel ses rayons enflammés, rosissant le ventre de gros nuages bas.

D'un coup d'œil circulaire, Randal constata la présence de Walter, Lys et Diamante, qui tenait toujours à la main sa bannière de soie bleue. La princesse ne semblait pas s'étonner de la tournure des événements ; elle avait plutôt l'air de s'en réjouir. Lys portait son luth en bandoulière, et Walter avait tiré son épée pour parer à toute éventualité.

Le chevalier glissa vers son cousin un regard soupçonneux.

– Qu'est-ce que tu viens de faire encore, Randal ?
– Il n'a rien fait du tout, protesta Lys. Le roi m'a demandé de choisir ma récompense, je n'allais pas

laisser passer une si belle occasion. Mais il ne doit pas être ravi.

Diamante rit doucement :

– Si mon père adoptif était fâché, nous ne serions pas là pour en discuter.

– Voilà qui est rassurant, fit Walter. Cependant, cela ne nous avance guère.

Randal secoua la tête :

– Je suis sûr que le roi avait de bonnes raisons pour nous transférer ici. Mais nous n'avons pas de temps à perdre en bavardages. Plus tôt nous partirons, mieux ça vaudra.

– Dans ce cas, dit Walter en rengainant son épée, dans quelle direction allons-nous ?

Randal interrogea Diamante du regard. Elle désigna l'horizon, où le soleil dardait ses flèches de feu dans le ciel.

– Par là.

Les quatre compagnons se mirent en route. Le terrain accidenté rendait leur progression difficile. Ils trébuchaient et se tordaient les chevilles sur les pierres noires du chemin, et devaient contourner les amas de cailloux aux formes grotesques qui se dressaient ici et là. Après une marche qui leur parut interminable, les pieds douloureux, ils parvinrent dans une zone sillonnée de fissures béantes, d'où s'échappaient des jets de lave couleur de feu.

Les voyageurs s'arrêtèrent. À leurs pieds, un torrent bruissait sur la roche lézardée, tel un écheveau de laine blanche torsadée. Plus loin, une colonne de lave solidifiée surgissait du sol craquelé, illuminant le paysage d'une lueur rougeoyante.

Soudain, Randal se figea. De l'autre côté du torrent, sur le ciel enflammé, se découpaient les silhouettes sombres de quatre chevaux sellés et harnachés. Devant eux, sa monture barrant le passage, un chevalier vêtu d'un surcot noir, les traits dissimulés par un casque en métal, les attendait au bord de l'eau.

Il tenait dans sa main droite une lance, qui reflétait les rayons du soleil, tandis qu'une autre était fichée dans le sol à côté de lui.

— Faites demi-tour, ordonna-t-il. Vous ne passerez pas.

Walter avança d'un pas :

— Si ce chemin est celui qui nous ramène chez nous, nous devons passer.

— Sois prudent, Walter, murmura Randal.

Son cousin le regarda par-dessus son épaule :

— Je sais ce que je fais. Laisse-moi régler cette affaire.

Puis, s'adressant au chevalier noir :

— Dites-moi, est-ce bien la route qui mène au royaume des mortels ?

— En effet. Mais si vous voulez poursuivre, il vous faudra vous battre.

— Nous nous battrons. Et, si nous gagnons, vous devrez nous accorder le passage, à moi et à mes amis.

— Bien, concéda le chevalier noir.

À son signal, l'un des chevaux traversa le torrent au trot dans de grandes gerbes d'eau pour s'arrêter devant Walter. Un casque et un écu étaient accrochés à sa selle. Sur l'écu figurait un pin sur fond rouge et or : l'emblème de Walter.

Celui-ci sauta en selle, coiffa le casque et glissa un bras dans la lanière de cuir de l'écu. Le chevalier noir lui tendit sa propre lance et tira la seconde du sol.

Après s'être s'éloignés d'une centaine de mètres, les deux adversaires se firent face. Le chevalier fit tinter sa lance contre son écu en guise de salut, puis se précipita au galop vers Walter, qui l'imita, sa lance brandie bien haut, son écu devant lui.

Des mottes de terre jaillirent de sous les sabots des chevaux. Les cavaliers, chargeant furieusement, se rencontrèrent dans un fracas de bois et de métal. La lance de Walter se brisa net sur l'écu de son adversaire.

Sous l'impact, le chevalier noir fut projeté en arrière, mais il resta en selle. Sa propre lance dérapa sur l'écu de Walter, qu'elle atteignit au côté. La pointe de métal acérée déchira sa cotte de mailles, ouvrant sur son torse une entaille longue comme la paume d'une main.

Voyant son cousin blessé, Randal serra les poings en réprimant un cri d'alarme. « Quoi qu'il arrive, tais-toi, se sermonna-t-il. Walter n'a pas besoin qu'on le déconcentre. »

Chacun des chevaliers abandonna sa lance pour sortir son épée. Ils chargèrent à nouveau. Au moment de la rencontre, Walter, glissant son écu derrière celui de son adversaire, tira d'un coup sec et le jeta au sol la tête la première.

Puis il sauta à terre ; mais déjà le chevalier noir se relevait. Les deux hommes s'affrontèrent à pied, l'épée au clair.

Troublé par le sang qui coulait sur l'armure de son cousin, Randal suivait la confrontation avec appréhension. « Walter est doué, songea-t-il, mais il ne va pas tarder à s'épuiser. Il faut qu'il se dépêche d'en finir. »

Le duel se poursuivit, dans la boue et la poussière. Soudain, alors que Walter faisait tournoyer son épée pour lui imprimer de l'élan, il glissa dans la boue et tomba. Sans attendre qu'il se relève, le chevalier noir fondit sur lui en tirant la dague passée dans sa ceinture. Comme dans un cauchemar, Randal vit la mince lame s'abattre tel un serpent de métal, à la recherche d'une faille dans l'armure de son cousin.

Mais la dague, frappant de biais, ripa dessus. Lâchant son épée, Walter saisit le chevalier par l'épaule pour le forcer à se baisser, projeta une jambe par-dessus son dos courbé et le bloqua sous son propre poids.

Il s'agenouilla, à cheval sur son adversaire, sa main gauche enserrant le poignet qui tenait la dague. Entretemps, il avait sorti la sienne, qu'il pressa contre la gorge du chevalier noir.

– Rendez-vous, messire, dit-il, hors d'haleine, d'une voix étouffée par son casque. Et laissez-nous passer.

– Je me rends, céda son adversaire, vaincu. Vous êtes libres de partir.

Walter, qui s'était relevé, l'aida à se redresser. Alors, l'inconnu ôta son casque. Diamante poussa un cri de surprise, et Randal, sidéré, écarquilla les yeux : le chevalier noir n'était autre que le roi des elfes !

– Vous m'avez battu en combat régulier, jeune chevalier. Je vous dois une rançon, outre la liberté de passage. Fixez votre prix.

« C'est la deuxième fois qu'il nous donne le choix, songea Randal. Quelle que soit la rançon exigée, il devra la payer. Or quelqu'un qui se trouve lié par sa parole aussi strictement que lui ne ferait pas une telle offre à la légère. Il veut que nous lui demandions quelque chose, c'est certain. Quelque chose qu'il ne peut nous donner autrement. »

Mais Walter semblait déjà connaître la réponse qui convenait :

– Votre Majesté, nul mieux que vous ne peut mesurer votre propre valeur. Nommez vous-même votre rançon.

– Réponse judicieuse, fit le roi avec un sourire. Voici la rançon : à votre appel, où que vous soyez, je vous viendrai en aide.

Puis il siffla son cheval, monta en selle et s'éloigna au galop.

Walter rengaina sa dague, récupéra son épée, qu'il rangea dans son fourreau, et se remit en selle à son tour. Alors, les trois autres montures franchirent le ruisseau au trot et s'arrêtèrent devant les trois compagnons.

– Allons-y, fit Walter. Je doute qu'il soit bon pour les mortels de s'attarder trop longtemps au royaume des elfes, en dépit de toutes ses merveilles.

Traversant le torrent, ils se retrouvèrent sur une route baignée par la lumière du matin.

« Étonnant comme ce passage est facile et rapide, se dit Randal, contrairement à la mer sans rivage que nous avons dû traverser à l'aller. »

Sa monture elfique piaffa d'impatience. Un chaud soleil brillait dans le ciel et la route qui s'étendait devant eux était bien entretenue. Quelques petites collines se dressaient dans le lointain. On ne voyait plus aucune trace du paysage stérile, dévasté par le feu, dans lequel Walter avait affronté le roi.

– Où sommes-nous ? demanda Diamante. Je ne connais pas cet endroit.

– Nous sommes à Carnouguel, répondit Randal. Ma terre natale a un parfum qui ne trompe pas. Mais dans quelle région, je l'ignore.

Walter fronçait les sourcils :

– Ce n'est pas notre seul problème. Hume l'air, Randal, et regarde les fleurs sauvages qui poussent dans les prés. C'est le printemps. Or c'était l'automne quand nous avons quitté les Marches du Nord. Les quelques heures que nous avons passées au royaume des elfes ont duré six mois ici.

– Et n'oublie pas que tu es blessé, lui rappela Lys. Nous devons nous arrêter bientôt pour que Randal s'occupe de toi.

— Nous n'en aurons peut-être pas le temps, intervint Diamante d'une voix maîtrisée, mais tendue. Regardez derrière nous.

Le jeune sorcier se retourna alors et découvrit une vingtaine de cavaliers sur la route, de l'autre côté du ruisseau. À la vue des quatre compagnons, ils pressèrent l'allure, passant du pas au trot.

— On ne peut pas les affronter, ils sont trop nombreux, trancha Randal. Je vais jeter un sort de confusion derrière nous sur la route. Cela devrait les faire tourner en rond au moins jusqu'à minuit.

Faisant face aux cavaliers, il entonna la formule qui permettait de tisser un réseau d'illusions et de fausses pistes entre son petit groupe et ses poursuivants. Il sentit le pouvoir du sort enfler, puis retomber sans prendre effet.

« Ils sont protégés contre la magie, comprit-il. Ils devaient s'attendre à avoir affaire à un sorcier. C'est donc un sorcier qui les envoie. »

— Ça ne marche pas, lança-t-il à Walter en essayant de ne pas laisser paraître son inquiétude. Il nous faut fuir.

Ils repartirent, les étrangers à leurs trousses. Randal se demandait pourquoi ils n'accéléraient pas pour les rattraper lorsqu'une seconde troupe, aussi nombreuse que la première, surgit de derrière la colline la plus proche, galopant dans leur direction.

– Cette fois, nous sommes piégés, dit Walter en tirant son épée. Il n'y a pas d'autre solution que se battre.

– Pas encore, intervint Diamante. Suivez-moi.

Quittant la route, elle se dirigea droit vers la colline qui s'élevait devant eux. Et celle-ci s'ouvrit pour elle, à l'instar de la tonnelle dans le royaume des elfes. Randal, Lys et Walter pénétrèrent sur ses pas dans une caverne creusée dans la colline.

– Où sommes-nous ? s'enquit Randal.

La grande pièce nue, taillée dans la roche compacte, formait comme un dôme sous terre. Ses parois étaient percées de passages semblables à des bouches grandes ouvertes. Les chevaux se mirent à ruer et à piaffer. L'endroit baignait dans une lueur rougeâtre dont on ne détectait pas la source.

– Nous sommes dans un fort construit par les elfes, expliqua Diamante. Le peuple de mon père adoptif en a creusé un peu partout dans le monde, pour qu'ils servent de lieu de repos ou de cachette aux voyageurs.

– Pourquoi ne les avons-nous jamais aperçus ? voulut savoir Randal.

– Parce que vous n'aviez pas mangé les fruits du

royaume des elfes. Je peux les voir parce que j'ai été élevée parmi les elfes. Désormais, vous pourrez les trouver, vous aussi.

— Vous avez mis le temps ! grogna une voix rude. J'attends ici depuis que Sa Majesté m'a averti de votre venue. Mais qui sont ceux qui vous accompagnent ?

La remarque provenait d'un elfe de haute stature aux cheveux brun-roux, à la barbe broussailleuse. Il salua la princesse avant de prendre les chevaux par la bride.

— Je me réjouis de te voir, Ullin, dit Diamante en mettant pied à terre.

Elle désigna ses trois compagnons :
— Voici Randal, Walter et Lys. Ce sont eux qui ont répondu à mon appel.

— J'avais espéré plus de trois humains pour vous aider, répliqua Ullin. Car si vous n'êtes pas couronnée reine de Carnouguel le jour de la Saint-Jean, les choses ne feront qu'empirer dans les deux royaumes.

— Combien de temps avons-nous devant nous ? s'enquit Walter. Et dans quelle région de Carnouguel sommes-nous ?

— Dans la baronnie de Bazeilles, non loin du Grand Massif de Lannad, l'informa Ullin. Quant au délai, il vous reste deux mois, et chaque minute est précieuse.

Il les dévisagea l'un après l'autre :

— Si vous êtes bien ceux qui peuvent aider la princesse.

Piqué par le regard circonspect de l'elfe roux, Randal se sentit obligé d'intervenir :

— Je me suis rendu au royaume des elfes pour secourir la princesse et lui restituer son royaume. Et j'atteindrai mon but.

Walter se redressa :

— Moi aussi. Je placerai Diamante sur le trône, ou je périrai en m'y employant.

Lys avait pâli, mais elle déclara elle aussi d'une voix ferme :

— Carnouguel n'est pas mon pays, pourtant je n'abandonnerai pas mes amis tant qu'ils auront besoin de moi.

Ullin hocha la tête.

— Votre appel a été efficace, princesse, concéda-t-il. Ces trois-là peuvent vous être utiles.

Ullin fit à Randal l'effet d'un individu à la fois respectueux et plein d'autorité. « Si un homme pouvait en même temps être roi et paysan, songea-t-il, j'imagine que c'est ainsi qu'il se comporterait. »

L'elfe s'engagea dans le tunnel avec les chevaux, tandis que Randal rejoignait Lys et Diamante à l'entrée du fort. L'ouverture par laquelle ils étaient entrés était tendue d'une sorte de voile de verdure qui les séparait de la route et de la riante vallée.

Derrière eux, Walter faisait les cent pas dans le fond de la salle, l'épée à la main.

– Cet endroit n'a pas toujours appartenu aux elfes, déclara-t-il. Il s'en dégage une drôle d'atmosphère. À quoi servait-il autrefois ?

– Comme tous les forts d'elfes, ce sont d'anciennes catacombes creusées par les humains, lui apprit Diamante. Au fil des siècles, les elfes les ont occupées et aménagées en refuges.

Lys se mit à danser nerveusement d'un pied sur l'autre, et jeta un coup d'œil sur la pièce par-dessus son épaule.

– Des catacombes ! murmura-t-elle à Randal. Et si nous avions péri au royaume des elfes ? Si nous étions tous morts et enterrés ?

C'est Diamante qui lui répondit :

– Une chose est morte, en effet. C'est la façon dont vous regardiez le monde qui vous entoure. Vous n'en distinguiez qu'une partie. Votre vision s'est élargie.

– Je ne suis pas sûr que cela me convienne, intervint Walter. J'ai déjà vu tout ce que je voulais voir, je n'en demande pas plus.

Il avait parlé d'une voix saccadée, qui contrastait avec son ton habituel, si enjoué. Randal se retourna et fut frappé par sa pâleur, perceptible même dans la lueur rougeoyante de la caverne. Une tache sombre s'étalait sur son flanc gauche, là où la lance du roi des elfes avait transpercé sa cotte de mailles.

– Tu saignes encore! s'écria le jeune sorcier. Retire ton armure et laisse-moi te soigner.

Il dut aider son cousin à ôter la lourde cotte de mailles et l'épaisse tunique matelassée qu'il portait dessous. Un filet de sang s'écoulait lentement de l'estafilade qui lui barrait le torse. Randal parvint à le persuader de s'allonger, glissa sa tunique roulée en boule sous sa tête et exécuta les sorts destinés à arrêter l'hémorragie et à refermer la plaie.

Lorsqu'il eut fini, Walter s'endormit, étendu le long du mur de la pièce centrale. Tandis qu'il récupérait, Randal et Lys partagèrent la nourriture apportée par Ullin. Bientôt, la nuit enveloppa le fort. Walter, enfin réveillé, se joignit à eux.

– Merci, Randal, dit-il. Cette blessure ne m'aurait pas tué tout de suite, mais elle m'aurait ralenti pendant des semaines. Je ne peux pas me le permettre en ce moment.

Puis, se tournant vers Diamante, il demanda:

— Pourquoi le roi m'a-t-il défié après nous avoir autorisés à quitter son royaume ?

— Nul ne peut quitter facilement le royaume des elfes. Encore moins si son roi a juré que l'un de ces candidats au départ y demeurerait. En donnant sa parole à Lys, il s'est mis dans l'obligation de me laisser partir... mais il restait lié par son premier serment.

— En effet, Votre Altesse, dit Ullin.

L'elfe roux, surgissant d'un recoin des catacombes, entreprit de débarrasser les restes du repas.

— Et, de surcroît, il vous aime comme un vrai père. Croyez-vous qu'il vous aurait confiée à des compagnons dont il n'était pas sûr ?

« Une épreuve, comprit Randal. Le duel était une épreuve. Mais il y a autre chose, à mon avis... sinon, pourquoi aurait-il proposé une rançon à Walter alors qu'il lui avait déjà accordé le droit de passage ? »

— Le roi avait raison de craindre des difficultés, affirma gravement le jeune chevalier. Nous avons quitté Carnouguel depuis au moins six mois, et nous y sommes déjà poursuivis.

— Je me demande comment ils nous ont retrouvés, renchérit Lys. Nous ne savions pas nous-mêmes où nous allions déboucher.

— J'ignore qui est sur nos traces, fit Randal, mais il dispose des services d'un maître sorcier assez doué pour voir dans l'avenir l'endroit précis où nous chercher, et assez puissant pour protéger tous ces cavaliers contre une attaque magique.

— Quelqu'un ne veut pas me voir couronnée reine, conclut Diamante.

Elle regarda Randal et ses amis.

— Je sais que je dois me présenter aux comtes dans le Champ des Rois le jour de la Saint-Jean. Personne, qu'il soit seigneur ou sorcier, ne pourra m'en empêcher. Mais je ne connais pas ce pays. Si vous avez des conseils à me donner, je les écouterai.

— Allons au château de Doun, trancha Randal sans hésiter. Messire Alyen nous y accueillera le temps que nous décidions de la prochaine étape.

— Père pourra vous aider, certifia Walter. Demandez-lui de ma part...

— Comment cela, « de ta part » ? s'alarma Randal. Tu ne te sens pas...

Son cousin l'interrompit d'un éclat de rire :

— Ne t'inquiète pas ! Tu m'as bien soigné. Cependant, je dois partir de mon côté demain matin, alors que vous vous rendrez à Doun.

— Pour quoi faire ? demanda Lys.

— Aussi légitimes que soient les prétentions de la princesse, il est malheureusement devenu impossible d'obtenir quoi que ce soit à Carnouguel sans une armée. Je vais donc en rassembler une.

Randal secoua la tête d'un air dubitatif :

— Même à Carnouguel, les armées ne se ramassent pas dans l'herbe comme des pommes.

— Certes, admit Walter, mais si je ne peux pas me vanter de l'amitié d'un grand seigneur, du moins ai-je la chance d'en connaître un, qui règne sur les terres de cette région. Je m'en vais l'informer du retour de la reine, et en avertir les chevaliers errants, qui vont de tournoi en tournoi. J'ai acquis une petite réputation par ici, bien que je ne l'aie jamais réclamée. Et si je brandis la bannière de la vraie reine, je trouverai sûrement des hommes pour la suivre.

Chapitre 4 : Le château de Doun

Ils passèrent la nuit dans la caverne. Randal, qui craignait de faire des cauchemars, dormit d'un sommeil profond et paisible. Au matin, quand les premiers rayons du soleil percèrent le voile de verdure qui les isolait du dehors, Ullin amena les quatre chevaux noirs des profondeurs du fort.

Walter fut le premier à sauter en selle.

– J'y vais, Randal. Présente mes respects à mon père et dis-lui que nous nous reverrons au plus tard le jour de la Saint-Jean.

Il quitta la caverne, et on ne vit bientôt plus de lui que les reflets du soleil sur son armure.

Le jeune sorcier se tourna vers Ullin :

– Vous qui avez observé les allées et venues des hommes, pouvez-vous nous indiquer le plus court chemin pour aller au château de Doun ?

– Si c'est le chemin le plus court qui vous intéresse, je vous montrerai la route, répliqua l'elfe roux.

En revanche, si vous cherchez le plus rapide et le plus sûr, alors il vous faudra me suivre sur la piste qui relie les forts d'elfes entre eux. Mais la plupart des mortels redoutent d'entreprendre ce genre de voyage.

– Nous vous suivrons, décida Randal. Quelqu'un a déjà essayé de nous arrêter, et nous ne serons à l'abri qu'une fois entre les murs d'un château.

– Alors, en selle ! conclut Ullin. Et veillez à ce que vos chevaux restent sur mes traces.

Les trois compagnons mirent le pied à l'étrier et sortirent des entrailles de la colline sur les talons de l'elfe.

En se retournant, Randal constata que le fort avait retrouvé l'apparence d'une petite colline ordinaire. En y prêtant attention, on distinguait dans son flanc les contours de l'entrée, qui se détachait comme une ombre sur le vert dense de la végétation.

Ullin, dédaignant la route qui traçait un ruban brun dans le paysage, prit droit vers le sud. Parti à une allure tranquille, il accélérait, toujours un peu plus, sans pourtant paraître allonger le pas. Bientôt, les chevaux durent trotter pour suivre le rythme.

L'elfe accéléra encore, et les chevaux passèrent au galop, sans parvenir à le rattraper. Le ciel s'obscurcit. Le vent se mit à mugir, faisant bouillonner d'écume les lacs et les cours d'eau qui jalonnaient leur chemin. Des nuées de feuilles, arrachées aux arbres, tournoyaient autour d'eux. Les chevaux renâclaient à présent.

Des coups de tonnerre se mirent à résonner comme des roulements de tambour dans un ciel déchiré de grands éclairs blancs. La terre se changea en boue sous les sabots des chevaux, et des coulées d'eau glacée ruisselèrent sur le chemin. De grands oiseaux noirs volaient en cercles en croassant au-dessus de leurs têtes.

Poursuivant ainsi toujours droit vers le sud malgré le vent furieux, ils parvinrent enfin devant un autre fort.

– Nous y sommes, déclara Ullin. Au-delà ne vivent plus que des hommes.

Soudain, le vent se tut, les nuages s'écartèrent, et Randal découvrit à travers l'ouverture creusée dans le flanc du fort les contours familiers du château de Doun.

Le mont des elfes n'était autre que la colline sur laquelle il venait se réfugier, enfant. C'était là qu'il avait fait ce premier rêve de magie où il s'était vu piéger par des parois invisibles.

À la vue des vieux murs gris rongés par les intempéries, Randal éperonna son cheval et s'élança de l'autre côté du mont. Lys et Diamante l'imitèrent. Ullin, cependant, préféra ne pas les suivre.

– Je reste ici, en sécurité, dit-il.

Randal avait déjà dévalé la moitié de la pente. « Je savais que le château me manquait, songea-t-il, ému, mais je ne m'étais pas rendu compte à quel point. »

Il ralentit à mesure qu'il approchait. Après toutes ces années d'absence, il s'était attendu à des changements ; pourtant les différences qu'il observait maintenant autour du château n'étaient pas simplement l'œuvre du temps. Les champs, normalement cultivés par les paysans, étaient stériles et abandonnés, et les fermettes du village désertées. Le silence y régnait : nul laboureur houspillant ses bœufs, nul tintement de marteau sur l'enclume, nul cri d'impatience ou de joie.

Lys vint chevaucher à côté de lui.

– Qu'est-ce qui ne va pas ? s'inquiéta-t-elle.

Randal se mordit la lèvre :

– Je ne sais pas, mais... tu as vu le château ? Les portes sont fermées. Autrefois, elles restaient toujours ouvertes pendant la journée. Et regarde là-bas.

Il désigna la plus haute tour de guet, où la bannière rouge et or flottait dans la brise matinale.

– C'est la bannière de messire Alyen, poursuivit-il. La grande. On ne la hisse qu'en de grandes occasions.

– Quel genre d'occasions ?

– Je ne l'ai vue qu'une fois, pour un mariage...

Soudain, une autre éventualité s'imposa à lui, et une violente appréhension, telle une main glacée, lui étreignit les entrailles. Lançant sa monture au galop, il fila droit sur le château.

Dès qu'il fut assez près pour entendre, une voix le héla du haut des remparts :

– Qui va là ?

– Randal, neveu de messire Alyen, cria-t-il.

– Qui vous accompagne ?

Il se retourna vers Lys et Diamante, qui arrivaient plus lentement.

« Si même ici, je ne peux pas prononcer le nom de la princesse, alors tout espoir est perdu. »

– Demoiselle Lys d'Occitanie, annonça-t-il à la sentinelle, et la princesse Diamante, héritière légitime du trône.

Après un silence, la sentinelle reprit :

– Approchez et faites-vous reconnaître.

Randal et ses deux compagnes s'avancèrent jusqu'à la petite entrée, juste assez large pour laisser passer un homme à pied, qui demeurait ouverte à côté de la grande porte. Le jeune sorcier mit pied à terre et s'y présenta seul, menant son cheval par la bride.

– Me voici, dit-il au garde. Messire Palamon ou messire Iohan sont-ils présents ? Ils me reconnaîtraient.

– Inutile, déclara la sentinelle. Entrez, messire Alyen vous attend.

Sur le coup, Randal ressentit un tel soulagement que ses genoux se dérobèrent sous lui. « Quel que soit le problème, en tout cas, messire Alyen va bien. » Puis une nouvelle inquiétude s'insinua dans son esprit. « Mais… comment peut-il m'attendre ? J'ai quitté ce monde il y a six mois, et pas plus tard qu'hier matin je n'aurais pas su dire où je me trouvais. »

Refrénant l'envie de bombarder le garde de questions, il fit signe à Lys et Diamante de descendre de cheval pour le suivre.

Après avoir franchi l'étroit passage, Randal s'arrêta de nouveau. Si bêtes et hommes avaient déserté les villages, ils grouillaient dans la cour du château, s'y pressant en si grand nombre que la poussière soulevée par leurs pieds formait un nuage doré.

« Que se passe-t-il ici ? se demanda Randal. On dirait que le château se prépare à affronter un siège.

Pourtant, il n'y a pas d'armée devant ses murs. »

Répondant à l'appel du garde, un homme en cotte de mailles vint à leur rencontre. Sur son surcot figuraient les armes rouge et or de Doun, et un glaive pendait à sa ceinture.

— Messire Palamon, murmura Randal.

Le maître d'armes avait été son premier professeur, bien avant que le jeune garçon ne rêve de quitter la baronnie pour étudier la magie. À cette époque, son opinion comptait plus que toute autre pour Randal… « Dans mon souvenir, il était plus grand », se dit-il.

Palamon s'arrêta à quelques pas de lui. Il le considéra des pieds à la tête d'un air approbateur, puis s'avança et le serra dans une accolade bourrue qui faillit l'étouffer.

— Randal! s'exclama-t-il. J'avais abandonné tout espoir de te revoir un jour. Mais te voilà de retour! Tu as mis le temps. Bienvenue à toi et à tes amies.

Diamante les rejoignit.

— Où sont le seigneur et la dame de ce château? demanda-t-elle. Je souhaite leur parler.

— Par ici, ma dame.

Le chevalier leur fit traverser la foule compacte rassemblée dans la cour et gravir les marches qui menaient à la grande salle. La longue pièce au plafond haut était encore plus bruyante et bondée que dans le souvenir de Randal.

« Tous les habitants de Doun qui ne se trouvent pas dans la cour doivent être réunis ici », songea-t-il, assailli par le tumulte.

— Randal ! s'écria une voix familière. Que je suis heureuse ! Je pensais ne jamais te revoir, malgré ce qu'en disait ce sorcier.

La foule s'écarta sur le passage de sa tante Hélène, la mère de Walter. Elle le serra dans une étreinte qui sentait la lavande et la laine fraîchement filée.

— Comment vas-tu ? As-tu vu Walter ? Est-il en bonne santé ? Et qui sont tes amies ?

— Je vais bien, lui assura-t-il. La dernière fois que j'ai vu Walter, c'était avant-hier, dans le Nord. Et mes amies sont demoiselle Lys et la princesse Diamante.

Dame Hélène écarquilla les yeux.

— La princesse..., souffla-t-elle.

Elle se ressaisit aussitôt et remarqua avec vivacité :

— Ton oncle va certainement vouloir discuter de tout cela avec toi. Mais vous m'avez l'air épuisés par votre voyage. Je vais vous trouver de quoi manger et un endroit pour vous reposer.

— Nous devons voir le seigneur Alyen avant toute chose, intervint Diamante.

À la surprise de Randal, dame Hélène ne protesta pas. Autrefois, personne n'aurait songé à la contredire. «Évidemment, autrefois, je ne ramenais pas d'héritières du trône à la maison...»

– Comme vous voudrez, ma dame, acquiesça la maîtresse des lieux avant de s'éloigner en toute hâte, les laissant seuls avec messire Palamon.

Ce dernier les conduisit en haut de la tour, frappa à la porte des appartements privés de messire Alyen et entra. En l'attendant, Randal revit le temps où, jeune écuyer au château, il servait les plats de viande rôtie à la table de son oncle, n'osant ouvrir la bouche que lorsqu'on s'adressait à lui.

Et voilà que Palamon, idole et terreur de son enfance, le traitait aujourd'hui comme un invité d'honneur! Cela l'embarrassait.

– Entrez, entrez! lui lança le maître d'armes par-dessus son épaule.

Randal et ses amies le rejoignirent dans la pièce. Messire Alyen était assis à son bureau en compagnie de messire Iohan, le plus âgé des seigneurs de Doun. Sur la table, entre eux, un bougeoir et un gobelet en étain maintenaient en place un rouleau de parchemin. Les deux hommes se levèrent à leur arrivée.

Une fois encore, Randal fut frappé par les changements provoqués par le temps. Messire Alyen était toujours l'homme grand et robuste qu'il avait connu, aux épaules assez larges pour supporter la charge du domaine ; cependant les soucis avaient creusé son visage de rides profondes. Quant à messire Iohan, dont les tempes commençaient à peine à grisonner quand Randal avait quitté le château, ses cheveux avaient entièrement blanchi.

– Ainsi, tu es revenu, comme le sorcier l'avait prédit, déclara messire Alyen. Nous a-t-il dit vrai sur la raison de ton retour ?

Randal prit une profonde inspiration :

– J'ignore ce qu'il vous a dit. Je suis revenu avec la princesse Diamante, héritière légitime de Carnouguel, vous demander votre aide pour lui rendre le trône.

Messire Iohan, très pâle, se rassit sur sa chaise.

– C'était donc vrai, murmura-t-il. Toute ma vie, j'ai espéré ce moment, sans jamais m'autoriser à y croire... J'espère qu'il n'est pas trop tard !

Randal était aussi troublé que le vieux chevalier.

– S'il vous plaît, mon oncle, dit-il à messire Alyen. J'ai fait un long voyage, et je suis resté longtemps sans nouvelles. Que s'est-il passé à Carnouguel ces six derniers mois ? Et pourquoi le château se prépare-t-il à soutenir un siège ?

— Sais-tu lire ? lui demanda son oncle en guise de réponse.

Randal acquiesça d'un signe de la tête.

— Alors, regarde ceci. Tous les barons et les castellans du royaume ont reçu le même, dit messire Alyen en lui tendant le rouleau de parchemin.

Le jeune sorcier parcourut rapidement le message, sans oublier d'examiner les rubans et les sceaux de cire rouge qui se balançaient au bas du rouleau. Ce qu'il lut expliquait toutes les craintes de messire Iohan, et le cœur de Randal manqua un battement. Le document exigeait que messire Alyen se présente pour acte d'allégeance, ou qu'il renonce à ses terres et à son château. La proclamation portait le sceau d'Hugo de Rocourt, roi de Carnouguel.

Randal resta sans voix. L'épaisse feuille de parchemin tremblait entre ses doigts. « Ainsi, tout cela n'a servi à rien ! Quelqu'un d'autre a prétendu au trône. »

— Je l'ai reçu cet automne, juste avant la première neige, commenta messire Alyen. Hugo de Rocourt… Qui aurait pu le croire ?

— Rocourt, répéta lentement Randal.

Il commençait à se remettre de sa surprise, mais la proclamation lui paraissait toujours aussi absurde.

– Il n'a aucun droit au trône ! s'écria-t-il. Il ne fait même pas partie des grands seigneurs.

Diamante tendit la main, et il lui passa le parchemin. Elle le lut et le lui rendit avant de se tourner vers le chevalier et le baron.

– Comment avez-vous réagi à ces exigences ?

Messire Iohan prit la parole :

– Nous avons ignoré ses injonctions tout l'hiver. Puis, il y a une semaine, un héraut portant les couleurs d'Hugo de Rocourt est venu s'enquérir de notre réponse. Nous lui avons dit qu'il l'aurait le jour de la Saint-Jean.

Diamante fixa les deux hommes. Son port de tête était aussi digne que si un diadème royal coiffait sa chevelure argentée.

– Le temps est venu, déclara-t-elle. Donnez-moi votre réponse ici et maintenant.

À son tour, messire Alyen la dévisagea longuement.

– Nous étions déjà résolus à ne pas prêter allégeance. Nous avons hissé notre bannière et préparé le château à la guerre, dit-il lentement. Mais vous voici de retour à Carnouguel, avec un sorcier pour appuyer vos droits et attester de leur validité, et c'est à vous que je fais serment de loyauté et d'obéissance. Je vous offre aussi mes hommes, mon château et mes terres.

— J'accepte votre allégeance, dit simplement la princesse.

Elle déplia la bannière de soie bleue dont elle ne se séparait plus et l'étendit sur la table devant les deux chevaliers.

— Peut-être ne pourrai-je empêcher la guerre de frapper vos terres, déclara-t-elle. Si elle doit avoir lieu, au moins pourrez-vous combattre sous la bannière de Carnouguel.

— La guerre, répéta Randal avec consternation, brisant le long silence qui avait suivi les paroles de la princesse.

Dans son souvenir, Doun avait toujours été une forteresse à l'écart des troubles qui agitaient le reste du royaume.

— J'espère que Doun ne sera pas seul à se dresser contre Rocourt, ajouta-t-il.

— C'est difficile à dire, répondit le seigneur Alyen. Les nouvelles se font rares, ces derniers temps, mais d'après la rumeur, la moitié des seigneurs de Carnouguel auraient pris les armes.

— Et qu'en est-il des autres ? questionna Diamante. Soutiendront-ils Rocourt ?

— Certains ont trop peur pour faire entendre leur voix, déclara messire Iohan d'un air grave. Mais beaucoup d'entre eux pensent sincèrement qu'un roi, quel qu'il soit, vaut mieux que pas de roi du tout.

— Très bien, fit Diamante. Envoyez des messagers aux seigneurs qui n'ont pas encore prêté allégeance à Rocourt. Qu'ils leur présentent mes salutations et leur demandent de venir me rencontrer au Champ des Rois le jour de la Saint-Jean.

Messire Iohan se tourna vers le seigneur Alyen, qui acquiesça d'un signe de tête, et le vieux chevalier sortit pour mettre à exécution l'ordre de la princesse.

— Plutôt la guerre que Rocourt sur le trône ! dit le seigneur Alyen après son départ. Il n'a pas d'autre argument que la force pour s'assurer la fidélité des comtes. Le premier qui s'estimera plus fort que le roi lui arrachera la couronne, et le bain de sang recommencera.

— Comment tout cela a-t-il pu se produire si vite ? s'enquit Randal. Il n'y en avait pas le moindre signe l'été dernier.

— L'été dernier, expliqua son oncle, personne ne pouvait bouger un doigt sans l'appui de messire Kless ou du duc Thibault, et ces deux-là s'équilibraient l'un l'autre. Puis ils ont tous deux disparu au château du Bourdon, et dame Astrid, la dernière personne qui pouvait prétendre au trône, s'est envolée au même moment. Ce n'était qu'une question de temps avant qu'un seigneur ou un autre ne tente de s'emparer de la couronne. Rocourt a été le premier, voilà tout.

Randal baissa les yeux. « Ainsi, c'est moi qui suis responsable de ces troubles, songea-t-il. En brisant le sort de protection placé sur le château du Bourdon et en aidant dame Astrid à fuir un royaume dont elle ne voulait pas, j'ai mis le feu aux poudres. »

— Le sort semble se moquer de nous, intervint messire Iohan, revenu de sa mission. Il nous restitue l'héritière dont nous avons été privés si longtemps, alors qu'il est peut-être trop tard pour lui remettre le trône de son père.

Le vieux chevalier laissa échapper un soupir de découragement :

— Les vingt dernières années ont déjà été assez difficiles ! Peut-être devrais-je me réjouir de ne pas avoir à vivre les vingt à venir.

— Je ferai tout mon possible pour que ce soit de bonnes années pour Carnouguel, et non de mauvaises, promit Randal. Mais un autre sorcier n'aurait pas été de trop pour m'aider.

— Nous en avons un, lui apprit le seigneur Alyen à la surprise générale. Le sorcier qui nous a avertis de ta venue est toujours ici. Mais il n'a pas quitté sa chambre depuis le jour de son arrivée : ni pour manger, ni pour boire, ni pour parler à quiconque.

— Je ferais bien d'aller le voir, dit Randal. Peut-être a-t-il besoin d'aide.

« À moins que je ne doive l'arrêter, ajouta-t-il en son for intérieur. Personne ne m'a précisé l'identité de ce sorcier. Ils connaissent Madoc. S'il s'agissait de lui, ils l'auraient appelé par son nom. Et cette embuscade hier sur la route prouve bien que j'ai un ennemi parmi les sorciers. »

— C'est le genre d'affaire que Randal doit traiter seul, chuchota Lys à Diamante tandis qu'il quittait la pièce en compagnie de messire Iohan. En attendant, nous devrions accepter la proposition de nous restaurer et de nous reposer.

Alors qu'elles redescendaient dans la grande salle, le vieux chevalier conduisit Randal à l'une des chambres aménagées en haut de la tour, celle-là même que Madoc le Voyageur avait occupée lors de son séjour au château, des années auparavant.

Randal frappa à la porte. Pas de réponse. En la poussant doucement, il sentit céder un sort de verrouillage magique. La porte s'ouvrit et il entra.

Une silhouette familière se tenait à l'intérieur d'un cercle magique, où brillait la lueur d'un feu mystique. Ce n'était pas Madoc, mais maître Crannach, l'un des régents de la Schola Sorceriae de Tarnsberg.

La robe du maître sorcier, d'ordinaire si soigné, était tachée, et un filet de transpiration coulait sur son visage. Les lettres rouges qui luisaient autour du cercle étaient tracées avec du sang, et un large bandage blanc, maculé de sang lui aussi, était enroulé autour de son poignet.

Randal resta un moment à écouter Crannach psalmodier sa formule avant de ressortir en fermant la porte.

– Que se passe-t-il ? murmura messire Iohan.

– Une magie puissante est à l'œuvre, expliqua Randal. Seuls les sorts majeurs ont besoin d'être scellés dans le sang. Maître Crannach tente de dresser une barrière entre notre monde et celui des démons.

Chapitre 5 : La Grande Table

Messire Iohan, interloqué, émit un juron, mais Randal ne l'écoutait plus. Il s'engagea dans l'escalier qui menait à l'atelier de dame Hélène, une pièce claire et spacieuse où, en des jours plus heureux, elle s'adonnait au filage, au tissage et à la broderie. C'est probablement là qu'elle avait conduit les deux jeunes filles, loin du bruit et de la foule de la grande salle. Il lui fallait leur parler tout de suite, à Diamante en particulier.

Il toqua à la porte et entra. Lys et la princesse étaient assises devant une assiette de pain et de fromage, accompagnée d'un pichet de cidre pétillant, produit des pommiers du domaine. Dame Hélène les avait laissées seules, sans doute pour aller remettre un peu d'ordre dans le chaos régnant dans la grande salle. Elles levèrent la tête à son arrivée.

— Tu en fais, une tête, Randal ! remarqua Lys. Qu'est-ce qui ne va pas, encore ?

— Tout, soupira-t-il en s'affalant avec lassitude sur la seule chaise vide. Il y a pire menace qu'Hugo de Rocourt. Maître Crannach, de la Schola, est ici. Il est en train de mettre en œuvre une magie puissante pour dresser une barrière entre notre monde et celui des démons. Si j'en juge par les sorts qu'il effectue, il doit penser qu'ils ne sont pas loin de forcer le passage.

— Les démons ? s'exclama Lys. Je pensais que nous en étions débarrassés, depuis que tu avais aidé maître Balpesh à repousser Éram dans son monde.

Diamante s'était figée, son couteau d'argent suspendu au-dessus du morceau de fromage qu'elle s'apprêtait à couper.

— Je ne connais pas assez les pratiques des sorciers mortels pour vous aider, déclara-t-elle. Je ne dispose que de la magie des elfes, et leurs sorts conviennent mal aux situations de conflits. Ce maître Crannach est-il assez fort pour contenir les démons ?

— Je l'espère, répondit Randal. À la Schola, c'était le spécialiste des démons, des esprits élémentaux et des objets magiques. Si quelqu'un en est capable, c'est lui, et personne d'autre.

— Pourquoi n'essaierais-tu pas de lire l'avenir ? suggéra Lys. Au moins, tu saurais ainsi de quels dangers tu dois te méfier.

— Peut-être… Lire l'avenir est incertain, dans le meilleur des cas. Pour peu qu'on ne pose pas les bonnes questions, on obtient souvent des réponses trompeuses. Mais je veux bien essayer.

Du regard, il inspecta la pièce, encombrée de tambours de broderie, de rouets, de paniers de laine à filer. Le long d'un mur était installé le petit métier qu'utilisait sa tante pour tisser des lainages.

— Trouve-moi quelque chose qui reflète les images, demanda-t-il à Lys. Comme un miroir, un morceau de cristal ou un bout de métal poli…

Lys but le cidre qui restait au fond de son gobelet en étain, posa celui-ci au centre de la table et le remplit de nouveau.

— Ça ira ?
— Ça fera l'affaire.

Il regarda Diamante. La fille adoptive du roi des elfes s'était penchée en avant, comme si elle s'attendait elle aussi à voir apparaître des visions dans le gobelet. Ses cheveux blond argenté tombaient en cascade sur ses épaules.

— Quelle question allons-nous poser ? lui demanda Randal.

— Une question générale sur mon avenir. Nous aurons peut-être à affronter d'autres dangers que les démons.

Randal vida son esprit de toute pensée et se concentra. Dans le gobelet, l'ombre et la lumière dansaient à la surface du liquide. Il s'efforça de voir au-delà, dans les profondeurs. La couleur vira au brun, une teinte qui évoquait la poussière ou le sang coagulé.

« Je n'aime pas cela », songea-t-il.

La tache de couleur s'élargit jusqu'à remplir tout le gobelet. Puis l'image se révéla, et Randal s'aperçut que la poussière (ou le sang) recouvrait une couronne abandonnée. Elle gisait par terre sur une colline stérile, au milieu d'un éboulis de roches couleur de cendre. Dans le ciel, un oiseau de proie décrivait des cercles, comme s'il était en quête d'un petit rongeur pour se nourrir.

Poussant un cri, l'oiseau fondit soudain en piqué vers le sol pour venir se poser sur la main d'un seigneur. C'était un homme solidement charpenté sans être gros, dont les cheveux roux lui arrivaient aux épaules. Vêtu d'une tenue d'apparat, il n'en portait pas moins une épée de guerrier dans un fourreau usé par les ans.

Après avoir jeté autour de lui un regard plein d'arrogance, il relança l'oiseau dans les airs. Le rapace décrivit un cercle, plongea sur la couronne et se posa dessus.

Comme le chevalier allait s'emparer du joyau, celui-ci fut intercepté par une longue main maigre et ridée : celle d'un vieil homme, enveloppé d'une robe de maître sorcier richement brodée de symboles mystiques. L'oiseau s'envola, et le sorcier leva la couronne au-dessus de sa tête. Le seigneur, s'approchant, tenta de la lui arracher. À cet instant, les deux hommes se retrouvèrent sur un monticule herbeux, qui venait de surgir mystérieusement dans la grande salle d'un château à l'atmosphère sinistre.

Tandis que le chevalier et le sorcier se disputaient la couronne, celle-ci se mit à rapetisser, rapetisser… Bientôt, elle ne fut plus qu'un minuscule anneau. Puis elle disparut en même temps que le monticule, englouti par le sol de la grande salle, tel du sable qui s'écoule peu à peu dans un sablier. Finalement, le château s'effondra, ne laissant pour toute trace que des ruines.

Pendant ce temps, les deux hommes n'avaient pas bougé. Au fur et à mesure que le monticule diminuait sous leurs pieds, ils avaient changé eux aussi. Leur taille et leur silhouette s'étaient modifiées. Ils avaient perdu toute apparence humaine et pris l'aspect de créatures surnaturelles, qui se seraient déguisées en sorcier et en seigneur. Randal se pencha dans l'espoir de distinguer leurs traits. Hélas, l'image restait sombre et floue. Tout à coup, un éclat de lumière déchira la pénombre, lui brûlant les yeux.

Il poussa un cri de douleur et repoussa le gobelet, dont le contenu se renversa sur la table. Lys et Diamante, alarmées, se levèrent, mais il les ignora. Il resta replié sur lui-même, le visage dans les mains, attendant que l'éblouissement se dissipe.

Il les entendit qui essuyaient le cidre répandu sur la table, puis Lys demanda :

– Qu'est-ce qui ne va pas, Randal ? Qu'as-tu vu ?

Déjà, l'éblouissement s'estompait. Ôtant ses mains de son visage, il cligna plusieurs fois des yeux pour s'éclaircir la vue. Les deux jeunes filles le fixaient, pâles d'inquiétude.

– J'ai vu un seigneur et un sorcier, expliqua-t-il enfin. Je ne les ai reconnus ni l'un ni l'autre, mais je parie que le seigneur était ce Hugo de Rocourt qui se prétend roi. Quant au sorcier… j'ignore qui cela pouvait être.

– Cela ne nous avance guère, fit remarquer Diamante.

Randal secoua la tête.

– Je crois que quelqu'un m'a surpris en train de lire l'avenir et qu'il est intervenu pour m'en empêcher.

– Le sorcier ? suggéra Diamante.

— Possible.

Randal fronça les sourcils et s'ébroua pour chasser les derniers points lumineux qui lui brouillaient la vue.

— Si c'est le cas, reprit-il, j'espère que c'est le même que celui qui nous a tendu une embuscade à notre sortie du royaume des elfes. Car je ne serai pas de taille à lutter contre deux ennemis de cette force.

— Qu'allons-nous faire maintenant ? questionna Lys.

— Attendre, répondit Randal. Attendre l'arrivée de Walter, la prochaine initiative de Rocourt, la mise en œuvre des sorts de maître Crannach... Je crois que ce ne sera pas long.

Ce soir-là, au dîner, le jeune sorcier prit place à la droite du seigneur Alyen, Lys, Diamante et dame Hélène siégeant à gauche du baron. Randal ne reconnut aucun des écuyers qui apportaient les plats. Certains avaient pourtant le même âge que lui, et quelques-uns étaient plus jeunes qu'il ne l'était lui-même en quittant le château. Le repas était frugal : de la viande rôtie et des légumes bouillis avec du pain noir, y compris pour les convives de la table principale, et les portions étaient réduites.

« Même ici, les récoltes ont été mauvaises, songea Randal. Et Tante Hélène gère les réserves avec prudence. »

— Pourquoi vous vous préparer à un siège ? demanda-t-il discrètement à son oncle, profitant du brouhaha de la grande salle. Personne n'a jamais jugé que Doun avait un emplacement assez stratégique pour se donner la peine de l'attaquer.

Le seigneur Alyen prit un air pensif :

— Personne n'avait jamais prétendu à la couronne jusqu'à ce jour. Si nous résistons toujours à l'usurpateur d'ici le milieu de l'été, ce sera considéré comme un défi manifeste. En outre, de par sa proximité avec le Champ des Rois, Doun représente un point de ralliement pour ses opposants.

— Je vois, fit Randal.

Il se garda de faire remarquer que le milieu de l'été approchait à grands pas, et que, même par cette année de mauvaises récoltes, Doun, avec son air de baronnie prospère, ne semblait pas près de céder à un siège par manque de vivres. Si Rocourt voulait s'emparer du château, il lui faudrait le prendre d'assaut. Mais ce n'était pas le genre de chose dont on parlait à table.

Tandis que Randal s'évertuait à trouver un autre sujet de discussion, une rafale de vent s'engouffra par les hautes fenêtres étroites, soulevant un tourbillon de poussière dans la grande salle. La pièce lui parut s'assombrir, comme si une présence invisible absorbait soudain la lumière des torches.

En réaction à ce changement d'atmosphère, les chiens de chasse efflanqués, couchés près des portes, se mirent à grogner, avant de venir chercher refuge en rampant aux pieds du seigneur Alyen, avec des gémissements inquiets. Or, à la surprise de Randal, ils semblaient être les seuls à avoir remarqué quoi que ce soit. À la grande table, les convives mangeaient et poursuivaient leurs conversations comme si de rien n'était.

Randal regarda Lys et Diamante. Elles fixaient le centre de la salle. «Elles le voient, elles aussi, déduisit-il. C'est à cause des fruits du royaume des elfes, qui nous permettent de voir des choses invisibles aux yeux des autres.»

Le tourbillon de poussière atteignit bientôt la taille d'un homme, puis la dépassa. Le nuage sombre prit la forme d'une silhouette humaine, à l'aspect difforme, où l'on distinguait toutefois des bras, des jambes et une tête. Campé sur ses courtes jambes, épaisses comme des poteaux, le monstre se mit en marche vers Diamante, dans un halo de particules de poussière scintillant à la lueur des torches.

« Je dois intervenir », pensa le jeune sorcier.

Il se leva en repoussant sa chaise.

– Randal ? s'alarma le seigneur Alyen à sa gauche. Quelque chose ne va pas ?

Son neveu ne répondit pas. Lentement mais sûrement, le monstre de vent et de poussière continuait d'avancer de son pas lourd et traînant, se rapprochant inéluctablement de la princesse. « Avant tout, j'ai besoin de savoir à quoi j'ai affaire », songea Randal. Il prononça la formule qui permettait de percer à jour l'origine et la vraie nature d'un être.

Son sort révéla au milieu de la salle l'ombre d'un sorcier : un homme maigre à la barbe blanche, portant une robe brodée de symboles mystiques. Il parlait, debout au milieu d'un cercle lumineux, mais Randal n'entendait pas ses paroles.

« C'est le sorcier de ma vision, réalisa-t-il. Il est à l'œuvre quelque part, je ne sais où, et il envoie cette chose nous attaquer. Mais pourquoi ? Et que puis-je faire ? Crannach le saurait, lui ; mais il n'est pas là ! »

Randal percevait confusément la présence du seigneur Alyen, qui tirait la manche de sa robe, et celle de dame Hélène poussant des petits cris stridents à quelques pas de là. Mais ils ne parvenaient pas à le distraire. Toute son attention restait concentrée sur le monstre de poussière qui progressait lourdement vers la princesse. Les grains de poussière qui auréolaient sa silhouette tournoyaient autour de lui, soulevés par l'air qu'il déplaçait en marchant.

« Du vent, comprit Randal. De l'air. Cette créature est constituée d'air et de poussière. Si l'air l'a créée, l'air peut la renvoyer. Du moins si j'agis sans tarder… »

Ignorant les cris de dame Hélène, il saisit la coupe en argent posée devant le seigneur Alyen et renversa le vin sur la nappe, où il dessina un cercle grossier. Il trempa un doigt dans le liquide et traça autour les quatre points cardinaux la formule d'invocation et les mots de pouvoir. Puis il attrapa quatre bougeoirs et les disposa à intervalles réguliers autour de son cercle de fortune.

« Je n'ai pas le temps d'exécuter toutes les étapes de la procédure. Je dois compter uniquement sur ma volonté, en priant pour que ça marche. »

Dans la Vieille Langue, il lança les mots qui constituaient la charpente de la formule, les quelques mots dont on ne pouvait se passer même dans les circonstances les plus critiques, pour invoquer un esprit élémental.

Celui-ci apparut en vacillant dans le cercle, sous l'aspect d'une petite forme floue mais d'aspect humain, qui flottait dans l'air.

– Quel est ton nom ? demanda Randal.

— *Tournefeuille...*, fit une voix, résonnant comme un murmure dans sa tête.

— Tournefeuille, j'ai une tâche pour toi.

Il désigna l'imposant monstre de poussière.

— Vois-tu cette créature de vent ?

— *Je la vois...*

— Brise-la. Détruis-la. Réduis-la à l'état de poussière dont elle est issue. Ensuite, tu pourras partir.

— *Bien...*

D'un revers de la main, Randal brisa le cercle tracé sur la nappe. L'esprit élémental, ainsi libéré, bondit vers la silhouette de poussière tel un rai de lumière ténu. La créature menaçante explosa et se désintégra en une multitude de grains scintillants, qui s'envolèrent tels des confettis.

Au centre de la salle, dans son cercle magique, la silhouette du sorcier s'estompa. Puis, quand le monstre eut disparu, son image s'évanouit.

De nouveau, la grande salle s'emplit d'un bourdonnement confus. Randal fut assailli par les voix de son entourage. Celle de Lys, qui s'écriait :

— Quelle était cette créature, Randal ? Que lui as-tu fait ?

Celle de sa tante, exigeant de savoir s'il se sentait bien ; celle de messire Palamon, demandant s'il était soudain devenu fou. Seul son oncle avait gardé son calme. Son oncle, et Diamante.

La princesse se leva pour s'adresser au jeune sorcier :

– Je vous remercie de m'avoir sauvé la vie. J'ignore qui a envoyé cette créature, et quel but elle poursuivait. Mais je sais qu'elle voulait me nuire.

Puis, se tournant vers le seigneur Alyen :

– Je suis fatiguée. Vous me trouverez dans ma chambre si vous avez besoin de moi.

Et elle quitta la salle, accompagnée de Lys.

Après leur départ, Randal se laissa aller contre le dossier de son siège. L'effort qu'il avait dû fournir pour invoquer l'esprit élémental avec un sort aussi sommaire l'avait épuisé. « Si le sorcier que je viens de voir est celui qui nous a localisés lorsque j'ai lu dans l'avenir et qui nous a tendu une embuscade, il a suivi notre trace jusqu'au château de Doun. Dans ce cas, nous sommes tous en danger. »

Il soupira. « Je dois trouver un moyen de nous protéger. Si seulement je savais comment ! Si seulement Crannach... »

Randal n'eut pas le temps d'aller au bout de sa pensée. À cet instant, un grand vacarme se fit entendre dans la cour : des cris, un martèlement de sabots, suivis de coups énergiques frappés à la porte. Sur un signe de tête du seigneur Alyen, le garde posté à l'entrée ouvrit les lourds battants, pour laisser passer deux chevaliers en armure. Le plus âgé boitait, appuyé sur l'épaule de son cadet. Randal reconnut en ce dernier son cousin Walter.

« Quant à l'autre… je l'ai déjà vu quelque part… »

Lorsque les deux hommes s'avancèrent, il put identifier le blessé : c'était le baron Hector de Bazeilles, qu'il avait rencontré pendant le siège du château du Bourdon.

« Que fait-il donc ici ? se demanda le jeune sorcier. On ne peut pas dire que Walter et lui se soient quittés en très bons termes, après que le baron m'a accusé d'avoir volé l'or qui devait payer ses mercenaires ! »

Dans la grande salle qui bourdonnait déjà de voix, la cacophonie redoubla. Chacun posait des questions, lançait des ordres ; les chiens de chasse aboyaient furieusement en entourant les nouveaux venus. Randal avait bien du mal à entendre ce que disait Walter dans le brouhaha général.

— Il y a eu une bataille au nord, racontait le jeune chevalier. Hector de Bazeilles et ses hommes contre

Hugo de Rocourt. Le baron est parvenu à s'enfuir grâce à l'aide de ses chevaliers, mais il a perdu la bataille.

– Où se trouve Rocourt, à présent ? demanda le seigneur Alyen à Walter, qui aidait le baron à s'asseoir sur un banc, près de la grande table.

– Il marche vers le sud, répliqua Walter. Il doit être à une journée de cheval d'ici, peut-être deux.

Son visage maculé de poussière trahissait la fatigue d'une rude chevauchée. Des cernes sombres soulignaient ses yeux, et sa bouche était crispée.

– Et il s'est allié un maître sorcier.

Randal tressaillit : « C'est sûrement celui qui est apparu dans ma vision. Sinon, pourquoi aurait-il attaqué Diamante par deux fois déjà ? »

– Connais-tu son nom ? s'enquit-il.

Walter se retourna en entendant la voix de son cousin :

– Randal ? Tu as fait vite pour arriver jusqu'ici ! Le sorcier de Rocourt se nomme Varnart. Je suppose qu'il ne compte pas parmi tes amis... J'ai assisté à la bataille, et j'y ai vu des actes de sorcellerie qui m'ont fait froid dans le dos.

« Varnart, songea Randal, serrant les poings si fort qu'il réveilla la douleur dans la cicatrice de sa main droite. De tous les maîtres sorciers de Carnouguel, il fallait que ce soit lui!»

Il inspira profondément :
– En effet, Walter. Il n'est pas de mes amis. J'ai détruit un objet qu'il convoitait : un objet maléfique. S'il l'avait aujourd'hui en sa possession, je ne crois pas qu'il nous resterait le moindre espoir. Et s'il sait que je suis le sorcier qui aide la princesse, il doit se frotter les mains à l'idée de se venger.

Le seigneur Alyen fronça les sourcils :
– Connais-tu un moyen de nous protéger?

Promenant son regard sur la grande salle, Randal constata avec consternation que tous avaient les yeux braqués sur lui. Il y lut non pas des reproches pour avoir aggravé la situation du château, déjà sous la menace d'un siège, mais un espoir infini.

«Je suis bien obligé de faire quelque chose, se dit-il. Mais aucun des maîtres de la Schola n'était spécialisé dans la magie appliquée à la guerre. Pas au même niveau que Varnart, en tout cas. Comment diable vais-je défendre tout un château contre l'attaque de ce sorcier?»

Chapitre 6 : Un mauvais rêve

Randal observa son oncle à la lueur vacillante des torches.

– Je ferai mon possible, promit-il enfin. Je créerai un cercle magique tout autour du château. Cela devrait nous mettre à l'abri des sorts de maître Varnart au moins pour un moment.

– Combien de temps te faut-il ? s'enquit messire Alyen.

– Envoyez chercher une lance à l'armurerie pour que je puisse creuser le sol, demanda Randal en se levant. Je vais le faire tout de suite. Je viens juste de retourner sur Varnart le sort qu'il avait lancé contre nous. Il ne tentera rien tant qu'il n'aura pas trouvé un autre moyen de répliquer.

Quelques minutes plus tard, il se tenait face aux portes closes du château, la tête levée vers les hauts murs qui se dressaient devant lui. C'était une nuit claire, quoique sans lune, et seule la lueur des étoiles permettait de distinguer la masse sombre des tours et des remparts. Le jeune sorcier hésita devant l'ampleur de la tâche qu'il venait de s'assigner. Doun n'était pas aussi imposant que la ville fortifiée de Widsegard ou le château du Bourdon, qui s'élevait autrefois sur la frontière est de Carnouguel. Cependant, l'idée de devoir protéger Doun par sa seule magie avait de quoi l'intimider.

« Et plus je m'attarde ici, songea-t-il, plus le risque augmente que Varnart frappe de nouveau. Il est temps que je m'y mette. »

Il enfonça la pointe de la lance dans l'herbe drue et entreprit de tracer son cercle, pas à pas, autour des murs. Taillader l'enchevêtrement de racines et d'herbes hautes était un labeur pénible, pour lequel une paire de bœufs et une charrue auraient mieux convenu qu'un garçon seul, armé uniquement d'une lance affûtée. Au bout de quelques minutes, il avait le dos moulu de courbatures, et sa paume droite le faisait souffrir comme si elle venait juste d'être entaillée.

Malgré tout, il finit par refermer le cercle. Il recula et s'appuya sur son outil pour reprendre haleine, avant d'entamer la deuxième étape de son travail : dessiner autour du cercle les quatre points cardinaux et les symboles mystiques. Déjà, à l'est, les premières lueurs de l'aube faisaient pâlir l'horizon. Tandis qu'il récupérait, Randal vit apparaître sur la route du château un marcheur solitaire, qui s'immobilisa à sa vue.

– Ohé, jeune Randal ! cria le nouveau venu dans le jour naissant.

La voix était familière. Une sphère bleutée de lumière froide, jaillissant dans l'air au-dessus de la main de l'étranger, révéla le visage barbu et souriant de Madoc le Voyageur.

– Resterait-il une petite place à l'intérieur de ton cercle ?

– Maître Madoc ! s'exclama Randal en se dirigeant vers lui.

Puis il hésita :

– Vous êtes bien maître Madoc, n'est-ce pas ?

Le maître sorcier eut un petit rire :

– C'est bien moi ! Mais si tu veux vérifier l'absence d'illusion ou de déguisement, je ne t'en tiendrai pas rigueur.

Randal rit à son tour, quoiqu'un peu nerveusement :

– C'est inutile. Je vous crois. Mais dépêchez-vous d'entrer. Nous avons déjà subi une attaque magique, et je dois activer le cercle avant la prochaine agression.

Madoc franchit la ligne tracée par Randal :

— Sais-tu qui vous a attaqués ?

— Je crois que c'est un maître du nom de Varnart. Il est dans le camp d'Hugo de Rocourt. Et il n'a pas attendu que je m'allie à la princesse pour me détester.

— Varnart… Cela ne me surprend pas. Il faudra un jour que tu prennes le temps de m'expliquer comment tu t'es fait de lui un ennemi.

— En contrecarrant ses plans. Un objet qu'il tentait de voler est tombé en ma possession, et je doute qu'il l'ait oublié.

— Varnart a toujours été rancunier, confirma le maître sorcier d'un air grave. Si tu l'as déjà contrarié une fois, il n'aura pas de repos tant qu'il ne se sera pas débarrassé de toi pour de bon. Et il est spécialiste des sorts de destruction.

— C'est bien ma chance de m'être attiré la haine d'un maître en magie de combat ! grommela Randal d'un ton lugubre.

— Apparemment, tu t'en sors plutôt bien jusqu'ici, fit remarquer Madoc. Mais laisse-moi donc achever ce cercle. Quelque chose me dit que tu serais plus utile dans le château.

Randal lui tendit sa lance sans se faire prier et retourna dans la grande salle. Il y trouva Walter et le seigneur Alyen, à côté du banc sur lequel le baron Hector était allongé.

— Tu tombes à point nommé ! s'exclama son oncle. L'état du baron est plus grave que nous ne le pensions. La guérisseuse du village a fait de son mieux ; hélas, les blessures sont trop profondes pour que sa magie soit efficace. Walter m'assure que tu peux le soigner.

Randal se pencha sur le baron. Débarrassé de son armure, il ne portait plus qu'une sous-tunique de lin. Son bras cassé avait été bandé et retenu par une attelle, sans doute posée par la guérisseuse.

Cependant ce n'était pas ce qui inquiétait le seigneur Alyen. Des cloques gonflaient les paupières du blessé au point qu'il ne pouvait plus les ouvrir. Toutes les zones non protégées par l'armure, le nez, la bouche, le cou et les mains, étaient brûlées, couvertes de zébrures rouges et boursouflées.

— Que lui est-il arrivé ? demanda Randal.

— Le sorcier de Rocourt lui a lancé une boule de feu, expliqua Walter. Il n'a dû son salut qu'à son armure. Son cheval a été carbonisé.

« Je n'ai jamais vu une boule de feu dotée d'un tel impact, songea Randal. Madoc n'a pas exagéré : maître Varnart est vraiment doué pour les sorts de destruction. »

— Ces brûlures n'ont pas été bien soignées, commenta-t-il à voix haute. À quand remonte la bataille ?

— Quatre jours... Non, cinq, répondit Walter. Depuis lors, nous n'avons fait que fuir devant Rocourt et son armée. Nous avons fait de notre mieux, mais...

Le chevalier haussa les épaules en signe d'impuissance :

— Aucun d'entre nous n'a tes talents de guérisseur.

— Je vais faire ce que je peux, promit Randal.

Il ferma les yeux et se concentra sur ses pouvoirs magiques. Il murmura d'abord la formule de réconfort, pour apaiser la douleur que devaient occasionner les brûlures. Dès que le baron se fut détendu, il paracheva le sort de guérison pour purger l'eau des cloques et enrayer l'infection qui s'était déclarée faute de soins appropriés.

Le baron sombra bientôt dans un sommeil réparateur, et Randal s'assit en soupirant. Le seigneur Alyen le considéra quelques instants avec respect avant de s'éloigner.

Resté seul avec son cousin, le jeune sorcier lui jeta un coup d'œil :

— Tu étais avec lui pendant la bataille, n'est-ce pas ?

— Oui. Quand je suis parti pour lever une armée,

c'est lui que je suis allé voir en premier. C'était risqué, étant donné la façon dont nous nous étions séparés au château du Bourdon, mais ça a fonctionné. Il a accepté de marcher vers le sud avec ses hommes et de prêter allégeance à la princesse. « Hugo de Rocourt vaut mieux que rien, mais quiconque vaut mieux que Rocourt. » Ce sont ses propres paroles. Nous étions en route pour Doun quand Hugo a attaqué.

— Et nous nous sommes quittés... il y a combien de temps, déjà ? demanda Randal.

— Six semaines, à peu près. Pourquoi ?

« Six semaines ! s'étonna le jeune sorcier. J'aurais juré que la chevauchée avec Ullin n'avait duré que quelques heures. »

Avant qu'il ait trouvé quoi répondre, les portes de la grande salle s'ouvrirent sur Madoc. Le sorcier du Nord alla droit au banc où était étendu le baron endormi. Il l'observa, puis hocha la tête d'un air approbateur.

— Tu as fait du bon travail, mon garçon, dit-il en s'approchant de Randal. Maintenant, il faut que tu reprennes des forces pour demain. J'ai activé le cercle qui entoure le château. Il devrait nous protéger un certain temps contre les attaques magiques de Varnart.

Walter se tourna vers son cousin, perplexe.

– Pourtant, quand tu as combattu le démon dans la tour de maître Balpesh, il t'a suffi d'effleurer le cercle pour le briser. Comment quelque chose d'aussi fragile peut-il protéger tout le château ?

Il s'interrompit avant de reprendre un ton plus bas :

– J'ai vu ce dont Varnart est capable, et je ne tiens pas à ce qu'un tel spectacle se reproduise ici.

– Cette fois, Varnart aura affaire à des sorciers, lui rappela Madoc.

Puis, avec un sourire fugitif, il ajouta :

– Quant à briser le cercle, il ne faut pas confondre une barrière dressée pour empêcher quelque chose de sortir, avec une barrière destinée à empêcher quelque chose d'entrer.

Une voix à l'accent familier, enrouée par la fatigue, leur parvint de la porte qui donnait sur l'escalier :

– Et tu as toujours été un spécialiste de la question, Madoc !

Randal se retourna et vit maître Crannach entrer dans la grande salle. Le visage gris de fatigue et ruisselant de sueur, il arborait cependant une expression triomphante.

S'affalant sur un banc, il s'empara d'une flasque de sa main bandée et la vida d'un trait.

— C'est fait, annonça-t-il à maître Madoc. Quoi que nous ayons à affronter, ce ne seront que les forces de l'homme et de la nature, et non celles des mondes inférieurs.

— Qu'est-ce qui vous a fait craindre une attaque de démons ? l'interrogea Randal.

Le sorcier remplit sa flasque et la porta de nouveau à la bouche, buvant plus lentement, cette fois, avant de répondre :

— Les démons se nourrissent du désordre. Il les attire comme la viande avariée attire les mouches. Et Varnart représente déjà un adversaire assez redoutable sans que nous ayons à nous soucier des démons par-dessus le marché.

La curiosité de Randal n'était pas entièrement satisfaite.

— Comment avez-vous eu l'idée de venir ici ?

Crannach émit un léger gloussement et désigna Madoc du menton.

— Notre ami aux semelles de vent est passé à Tarnsberg l'été dernier pour me prodiguer quelques conseils. « Un jour viendra peut-être, m'a-t-il dit, où le Conseil de la ville et les régents de la Schola décideront de fermer les portes de Tarnsberg au nez d'un puissant seigneur, en lui disant d'aller chercher ailleurs ses loyaux sujets. Si les choses tournent un jour dans ce sens, a-t-il ajouté, rends-toi sur-le-champ au château de Doun pour y proposer ton aide. » Il y a peu, c'est précisément ce qui s'est produit. Alors, je suis venu ici, tandis que les autres sorciers restaient à Tarnsberg pour protéger la ville et la Schola.

Walter hocha lentement la tête.

— Vous avez parlé avec maître Crannach avant de nous guider jusqu'au royaume des elfes, dit-il à Madoc. Saviez-vous que Rocourt s'emparerait du trône ?

— Notre ami a un talent particulier pour prédire l'avenir, expliqua maître Crannach. Quand il me signale qu'il serait sage de faire ceci ou cela, je l'écoute.

— Bien, pour l'instant, je vous recommanderais à tous d'aller au lit, intervint Madoc. Vous ne serez pas d'une grande utilité si vous êtes épuisés demain matin.

Personne ne discuta. Néanmoins, il leur fallut quelque temps avant de trouver un endroit pour dormir. La grande salle, comme la cour, avait été investie par les paysans du village et les troupes de Walter et d'Hector. Finalement, Randal s'installa sur une paillasse dans une petite alcôve en retrait de la grande salle. En temps normal, le galetas servait de rangement, mais on en avait retiré la vaisselle pour libérer un espace privé à l'intention d'un hôte de marque.

« Un hôte de marque – et il faut que ce soit moi, pensa Randal avec un sourire amusé. Il fut un temps où je n'étais ici qu'un écuyer parmi d'autres. »

Il inspecta des yeux le petit recoin. « C'est ici même que je suis venu chercher un bol la première fois que maître Madoc s'est présenté au château. Il s'en est servi pour lire l'avenir à tout le monde, sauf à moi. »

Ce souvenir le rendit songeur. « Ce jour-là, Madoc a promis à messire Palamon une bataille qui le couvrirait de gloire pour le restant de ses jours. L'heure serait-elle venue ? »

Il soupçonnait fort que oui. Mais il tombait de fatigue, il était tard, et il avait lancé de nombreux sorts. S'allongeant sur la paillasse, il se détendit comme il avait appris à le faire à la Schola et sombra dans un sommeil peuplé de rêves : un tourbillon d'images confuses, contradictoires, fragmentées, se mit à tournoyer dans sa tête. Il avait beau savoir qu'il rêvait, il n'arrivait ni à se réveiller, ni à capturer ses rêves.

Soudain, un éclair déchira sa vision. Regardant autour de lui avec égarement, il s'aperçut qu'il se trouvait dans la pénombre d'une caverne, chichement éclairée par les flambeaux d'une procession funèbre. Une file d'hommes et de femmes portait une forme immobile sur une planche de bois.

« Qui est mort ? » se demanda Randal. Mais à peine son esprit avait-il ébauché la question que la scène se modifia, et il sut qui portaient ces gens. Ce n'était autre que lui-même. Allongé sur la planche de bois, entouré de couronnes de fleurs, il distinguait les torches autour de lui, et percevait les secousses des pas des porteurs.

Sur sa droite, il remarqua Lys qui marchait un peu à l'écart, tenant dans ses mains les morceaux brisés de son luth. Il croisa son regard et vit que son visage était baigné de larmes.

« Pleure-t-elle à cause de son luth ou à cause de moi ? » s'interrogea-t-il.

– Pourquoi as-tu fait cela ? lui demanda-t-elle alors. Pourquoi nous as-tu abandonnés ?

– Mais je n'ai pas…

Avant qu'il ait pu achever sa phrase, un suaire recouvrit son visage, l'empêchant de voir et de respirer.

Il se débattit… et réalisa qu'il luttait avec le drap de son lit. Dans la lueur froide du petit matin, la fente qui servait de fenêtre à l'alcôve se détachait en une fine bande claire sur la muraille sombre du château.

Il s'assit, frissonnant, encore sous l'effet du cauchemar. « Ça avait l'air tellement réel ! songea-t-il.

Comme tous mes autres rêves prémonitoires. » Il se leva pour enfiler sa tunique et sa robe de sorcier. « Il faut que j'en parle à quelqu'un. »

La plupart des occupants du château étaient encore endormis. Lorsque Randal sortit de l'alcôve pour gagner la grande salle, il dut enjamber des silhouettes ronflantes, emmaillotées dans des capes ou des couvertures. Cinq ans plus tôt, lorsqu'il avait parcouru le château à la recherche de maître Madoc pour lui demander de lui enseigner la magie, il l'avait trouvé devant l'une des fenêtres de la grande tour. C'est par là qu'il dirigea ses pas.

Mais l'escalier était désert, et on ne distinguait par les fenêtres qu'un épais brouillard qui masquait les champs. Au sommet de la tour, il trouva non pas le sorcier, mais Walter. Penché par-dessus le parapet qui s'arrêtait à hauteur de sa poitrine, son cousin scrutait la brume : une vaste étendue gris sombre se confondant avec le gris plus pâle du ciel, trop dense pour permettre de discerner le moindre détail. Walter se retourna à son arrivée :

– Toi non plus, tu n'arrivais pas à dormir ?
– J'ai fait des cauchemars, expliqua Randal.

Il s'appuya au parapet à côté de son cousin, les yeux perdus dans le brouillard. Celui-ci cachait le cercle qu'il avait tracé autour du château et que Madoc avait activé. Cependant il n'avait pas besoin de le voir pour percevoir son enveloppe protectrice.

— Des cauchemars, répéta Walter d'un ton qui trahissait l'inquiétude. Comme celui que tu as fait avant que je ne sois blessé à Tavenne ?

— Oui et non, dit Randal. J'ai rêvé de moi… J'avais failli à ma tâche, à cause de quelque chose que j'avais fait, ou omis de faire, ce n'était pas clair. Comme mes rêves ont une fâcheuse tendance à se réaliser, celui-ci me fait peur.

Son cousin eut un rire sans joie.

— Dans ce cas, vous, les sorciers, n'êtes pas si différents du reste des mortels !

— Je ne parle pas de cette peur-là, rectifia Randal avec un soupir. Il y a tellement de choses en jeu dans cette histoire : des couronnes, des royaumes, et peut-être même la sécurité du monde terrestre dans son ensemble. Et me voilà au beau milieu de tout cela. Moi, le compagnon sorcier qui ne savait pas allumer une bougie au bout de deux ans d'études ! Comment diable saurais-je ce que je dois faire ?

— Ça, je l'ignore, avoua Walter après un silence. Je me souviens de ce que Père m'a dit quand j'ai quitté le château pour aller de tournoi en tournoi.

« Respecte la parole donnée, et ne déshonore pas ceux qui t'ont formé. » Sage conseil pour un chevalier, mais pour un sorcier... je ne sais pas, Randal. Je regrette.

— Ce n'est pas grave, ne te tracasse pas.

Ils restèrent longtemps sans parler, accoudés au parapet, à contempler le paysage à la lumière naissante du petit matin. Les premiers rayons du soleil avaient dissipé la brume, et la plaine apparut sous leurs yeux... parsemée de tentes et de bannières.

L'armée d'Hugo de Rocourt !

Chapitre 7 : La porte

Walter s'écarta du parapet avec un soupir de lassitude.

— Il est temps que j'aille chercher mes armes.

Randal approuva d'un hochement de tête.

— Si tu croises le seigneur Alyen, dis-lui que, jusque-là, le cercle de protection tient bon.

— Comment le sais-tu ?

— J'aurais senti s'il avait cédé. Par ailleurs, tu peux constater que même le brouillard n'a pas pu pénétrer à l'intérieur.

Walter s'engagea dans l'escalier, et Randal resta seul, à scruter le campement de l'ennemi. Déjà, sur les remparts, les sentinelles lançaient l'alerte et, au loin, dans la plaine, s'élevaient des cris et des appels de trompettes. Des pas résonnèrent derrière le jeune sorcier, qui vit apparaître son oncle accompagné de maître Madoc.

— Rocourt nous enverra un héraut dès que le soleil sera complètement levé, dit le seigneur Alyen. Autant que je l'attende.

— Qu'allez-vous lui répondre ? s'enquit Randal.

— Rien qu'il ne sache déjà. Simplement que les occupants du château de Doun ne sont disposés ni à prêter allégeance, ni à se rendre.

Il vint se pencher par-dessus le parapet de pierre, comme Walter quelques instants plus tôt.

— Mais, au moins, les usages auront été respectés.

Maître Madoc posa une main sur l'épaule de Randal :

— Mon garçon… il y a un sujet dont nous devons discuter en bas.

Randal, déconcerté, suivit le maître sorcier dans l'escalier en colimaçon. Madoc s'arrêta devant la porte de l'atelier de dame Hélène, où se tenait déjà messire Palamon, armé de pied en cap, son épée à la ceinture.

— Ouvrez la porte, messire chevalier, lui demanda le sorcier. Il faut que le jeune Randal voie ce que nous avons vu, vous et moi.

Messire Palamon obtempéra, et tous trois entrèrent dans la pièce. Le mobilier n'avait pas bougé : la table et les chaises, les tambours à broder, les rouets, les paniers de fil et de laine, le métier à tisser avec sa trame. Le luth de Lys était posé là, contre une chaise.

«C'est mauvais signe, songea Randal aussitôt. Elle ne va jamais nulle part sans son instrument.»

– Je ne vois personne ici, commenta-t-il.

– C'est bien le problème, confirma messire Palamon avec un froncement de sourcils. Hier soir, après le banquet, dame Hélène a amené la princesse et la demoiselle d'Occitanie dans cette pièce, où la princesse pouvait trouver l'intimité qui sied à son rang.

Il s'interrompit un instant avant de reprendre:

– J'ai monté la garde personnellement devant la porte.

Tel un brouillard, un sombre pressentiment s'insinua dans l'esprit de Randal. Il lui sembla que le luth lui adressait des reproches muets.

– J'imagine que vous n'avez vu personne entrer ou sortir cette nuit? demanda-t-il.

– Personne, confirma Palamon en secouant la tête.

Madoc désigna le sol au milieu de la pièce:

– Jette un sort de résonance magique en le dirigeant par ici, Randal. Et dis-moi ce que tu vois.

Randal obéit. Le sortilège, conçu pour renseigner un sorcier sur les procédés magiques à l'œuvre dans un endroit donné, renvoya un écho si violent qu'il faillit le renverser.

– C'est une porte magique, annonça-t-il quand il se fut ressaisi. Du moins ce qu'il en reste.

Il se tourna vers messire Palamon :

– Quand dame Hélène a-t-elle accompagné les demoiselles dans leur chambre ? À quoi étais-je occupé à ce moment-là ?

– Tu venais juste de sortir, répondit le maître d'armes après réflexion.

Randal se mordit la lèvre.

– Le sorcier de Rocourt a dû pénétrer dans le château par la porte magique et enlever Lys et Diamante pendant que j'étais en train de tracer le cercle autour des murs, avant qu'il ne soit activé.

Puis, s'adressant à Madoc, il ajouta :

– Varnart doit avoir un pouvoir immense, pour pratiquer une magie aussi puissante tout de suite après que je lui ai renvoyé mon sort.

– Il est redoutable, en effet, confirma le sorcier du Nord. Je l'ai connu à l'époque où il est devenu maître, et il avait déjà assez de force pour vaincre des sorciers bien plus aguerris que lui.

Randal se tourna de nouveau vers l'emplacement de la porte magique.

— Il faut que quelqu'un parte à la recherche de Lys et de la princesse.

Il hésita avant de poursuivre :

— Cela implique de franchir la porte magique d'un autre sorcier totalement à l'aveuglette, sans la moindre idée de ce qui se trouve de l'autre côté.

Il s'interrompit une seconde fois et baissa les yeux. La tournure que prenaient ses pensées lui déplaisait.

— On ne peut pas se passer de vous au château, maître Madoc ; ni de maître Crannach non plus, dit-il enfin. Vous devez veiller sur le cercle magique et préserver les barrières qui séparent ce monde de celui des démons. Si quelqu'un doit partir à la recherche de la princesse, c'est moi.

— Je suis d'accord, acquiesça le maître sorcier. Tu es le mieux placé pour réussir. En outre, la princesse te connaît et te fait confiance.

Longtemps, Randal garda le silence. « Les maîtres sorciers auraient pu choisir un meilleur moment pour se mettre à me traiter en égal et en ami », songea-t-il avec amertume.

— Je n'aime pas l'idée d'y aller seul, admit-il enfin. Mais je le ferai.

— J'irai avec toi si le seigneur Alyen m'y autorise, proposa messire Palamon. Je suis responsable de la disparition de la princesse, puisqu'elle était placée sous ma garde.

Le maître d'armes s'éloigna à la hâte. Il reparut peu après, Walter dans son sillage. Comme Palamon, le jeune chevalier avait revêtu son armure. Il portait un casque à la main et, dans un fourreau passé en bandoulière dans son dos, une grande épée semblable à celle dont il s'était servi au château du Bourdon.

— Messire Palamon m'a raconté ce qui s'est passé, déclara-t-il. Tu seras peut-être confronté à des dangers autres que la magie, derrière cette porte. Nos deux épées ne seront pas de trop pour t'aider.

Randal ramassa le luth et le tint à bout de bras devant lui.

— Venez avec moi au centre de la pièce, demanda-t-il aux deux chevaliers. Je vais ouvrir la porte de Varnart. Madoc, si vous pouviez monter la garde à l'entrée de la pièce… juste au cas où une mauvaise surprise surgirait à notre place…

— Entendu, mon garçon.

Le sorcier du Nord referma la porte derrière lui et s'y adossa.

— C'est un sort de barrage, tout comme le cercle, ajouta-t-il. Je n'aurai pas de mal à maintenir les deux en même temps.

Randal prit position au milieu de la pièce et fit signe à Walter et à Palamon de l'y rejoindre. «Plus moyen de reculer», songea-t-il.

Il entonna la formule qui permettait d'ouvrir une porte magique. Sans amulette ni talisman pour ancrer le sort, c'était un processus long et difficile, qui s'apparentait à la reconstitution d'un puzzle. Comme tous les sorts, il révélait la tournure d'esprit de celui qui l'avait conçu. Après s'être ainsi familiarisé avec le pouvoir de Varnart, Randal était sûr qu'il saurait identifier le sorcier dès leur première rencontre, rien qu'en reconnaissant son pouvoir.

Sous l'effet du sort, la pièce se transforma, puis s'estompa tout à fait. Randal et ses deux compagnons se retrouvèrent au milieu d'une forêt obscure plantée de grands arbres aux branches massives, dans un paysage de falaises abruptes et de gros rochers. L'aube s'annonçait par quelques taches grises, visibles à travers le feuillage.

Devant eux s'ouvrait une clairière, dans laquelle cinq pierres taillées se dressaient vers le ciel. Au milieu étaient fichés deux pieux de bois. Cinq hommes gisaient à terre, leurs épées abandonnées à côté d'eux.

Randal approcha, suivi par ses deux compagnons, et se pencha sur l'un d'eux. Ses vêtements lui confirmèrent ce qu'il savait déjà : il s'agissait de mercenaires à la solde de Varnart.

— C'est un homme de Varnart, annonça-t-il. J'en ai déjà rencontré du côté de Cingestoun, habillés comme celui-ci. Il a été assommé par une magie que je ne connais pas. Ça ne peut pas être Varnart. Ce n'est pas l'œuvre d'un sorcier formé à la Schola.

— Regardez par ici, dit Walter à mi-voix en désignant l'un des pieux. Que dites-vous de cela ?

Le chevalier montra du doigt une paire d'anneaux attachés au sommet du pieu. Par terre, ils découvrirent deux cordes, ainsi qu'un lambeau de soie verte.

— Un morceau de la robe de la princesse, déclara Randal avec une inquiétude croissante. Ceux qui ont enlevé Lys et Diamante les ont amenées ici avant de les attacher à ces pieux. Ces cinq hommes étaient des gardes. Ce qui s'est passé ensuite est beaucoup plus confus.

— Crois-tu qu'elles sont encore en vie ? le questionna Walter.

— Une héritière vivante peut toujours être tuée si nécessaire, répliqua messire Palamon. Tandis qu'une morte ne peut être ramenée à la vie.

Randal hocha lentement la tête :

— Je pense que notre ami Varnart a essayé de tromper Hugo de Rocourt en prenant la princesse en otage.

« Mais qu'en est-il de Lys ? se demanda-t-il. Rien ne la protège... Elle n'est pas de sang royal, et Varnart l'apprécie sans doute autant qu'il m'apprécie, moi... »

— Que fait-on, maintenant ? s'enquit Walter. Si Varnart projetait d'utiliser la princesse contre Rocourt, il s'est passé quelque chose qui a changé la donne.

— Je vais essayer un sort, déclara Randal. Lys tient à son luth plus qu'à tout autre objet. Ils sont liés, tous les deux.

Brandissant l'instrument, il prononça les paroles d'un sort musical, une variante de celui qui lui servait parfois pour accompagner son amie lorsqu'elle se produisait en public.

Dès qu'il éprouva la sensation de rupture signalant la mise en place du sort, il leva le luth au-dessus de sa tête, ferma les yeux et pivota sur ses talons. La corde de basse se mit à vibrer d'elle-même, et l'instrument bourdonna sur une note grave, continue. Quel soulagement ! Lys était encore en vie.

Le jeune sorcier continua à tourner sur lui-même. Le son s'amplifia, de plus en plus insistant, avant de s'estomper de nouveau. Il se mit alors à tourner en sens inverse, jusqu'à ce que le son revienne à son volume le plus fort. Il rouvrit les yeux et regarda dans la direction désignée par le manche de l'instrument.

– Par là, dit-il.

– Mais je ne vois aucune trace qui parte dans ce sens, objecta messire Palamon.

– Il n'empêche que c'est par là qu'il faut aller, persista Randal.

Tous trois se mirent en marche. Le jeune sorcier avançait tout droit, tenant le luth devant lui, dans la direction où l'instrument produisait le son le plus fort. Les deux chevaliers le suivaient, leur épée au clair.

Ils n'étaient pas allés bien loin lorsqu'une horde de créatures hideuses bondit des broussailles. Randal fut incapable de dire s'il s'agissait d'hommes revêtus de peaux de bêtes ou d'animaux inconnus dressés sur leurs pattes arrière, grognant des sons inarticulés. Les deux chevaliers se jetèrent dans l'action, les lames de leurs épées dessinant dans la pénombre du sous-bois de grands arcs de cercle menaçants. Les étranges créatures se dissipèrent brusquement dans la brume. «Des illusions?» s'interrogea Randal.

À cet instant, un rire leur parvint du sommet d'un rocher escarpé.

— Excellent maniement de l'épée, lança l'inconnu. Très impressionnant.

Son pouvoir renvoyait un écho que Randal reconnut aussitôt :

— Maître Varnart.

— Je vois que vous savez qui je suis, fit l'autre avant de s'incliner.

« Alors, c'est bien lui, songea Randal. C'est lui qui m'est apparu dans ma vision, celui qui a attaqué le château de Doun hier soir. Pas d'erreur possible : il s'agit de quelqu'un de très puissant. »

De fait, Varnart avait tout d'un maître sorcier. Sur sa robe aux vastes plis, taillée dans un riche velours bleu roi, étincelaient des symboles mystiques brodés de fils d'or et d'argent. Il portait une longue barbe, et ses cheveux blancs comme la neige retombaient sur ses épaules.

Il était encadré par la princesse Diamante et Lys. La musicienne semblait contenir avec peine une rage bouillonnante. Quant à la princesse, son visage exprimait un mélange de fierté et de tristesse.

Varnart fit un pas en avant au-dessus du vide. Puis il flotta jusqu'au sol, Lys et Diamante planant à ses côtés, pour venir se poser doucement devant les trois hommes.

Avant que Randal ait pu agir, il leva une main en guise d'avertissement :

– Pas de sortilèges, mon garçon. Au premier signe de magie, la princesse et son amie mourront. En attendant, voyons ce que nous allons faire de nos deux héros. Regardez.

Derrière Randal, dans un bruissement de feuilles, cinq hommes d'armes surgirent de la clairière et vinrent encercler Palamon et Walter. Ceux-ci se placèrent dos à dos. Palamon faisait face à deux assaillants, tandis qu'un troisième tournait autour de lui, en position d'attaque.

Après quelques secondes d'immobilité totale, le maître d'armes se fendit vivement et toucha son adversaire de droite à la face interne de la cuisse. L'homme vacilla avec un cri de douleur, puis tomba à genoux.

Palamon n'hésita pas un instant. Il brandit son épée au-dessus de sa tête et, se tournant vers son deuxième adversaire, frappa le bord gauche de son bouclier. Avant que l'homme ait pu parer, la lame, sous l'effet du rebond, l'atteignit au côté droit. Il n'avait pas encore touché le sol que Palamon pivotait de nouveau vers son premier agresseur et, d'un coup d'épée, brisait net le casque du blessé. Celui-ci s'effondra et ne bougea plus.

Comme le maître d'armes s'avançait vers son troisième adversaire, ce dernier s'écroula, frappé au cou par la grande épée de Walter. Les deux assaillants du jeune chevalier gisaient déjà côte à côte, le sang jaillissant des entailles ouvertes dans leurs armures.

Puis les deux chevaliers fondirent ensemble sur Varnart. L'épée de Walter fouetta l'air, tandis que la lame de Palamon tournait en cercles rapprochés au niveau de sa taille. Mais aucune ne toucha le sorcier. Le fer ne rencontra que du vide. Varnart s'était volatilisé, laissant Diamante et Lys derrière lui.

— Vite ! s'écria Randal. Retournons à la clairière. Il faut que je retrouve la porte magique.

Ils rebroussèrent chemin, entraînant les deux jeunes femmes.

— J'ai un doute, dit Walter, qui avait écarté une branche. Si c'est vraiment le chemin pour s'échapper, ça paraît trop facile.

— Il nous laisse partir, commenta messire Palamon.

— Mais pourquoi ? demanda Lys.

— Nous n'avons pas le temps de rester pour le découvrir, trancha Randal tandis qu'ils parvenaient à l'emplacement de la porte magique. Donnez-vous tous la main.

Il psalmodia la formule.

« Tant que maître Madoc maintient l'autre issue ouverte, nous ne risquons rien », songea-t-il.

Le monde se mit à tournoyer devant ses yeux, et les arbres cédèrent la place à l'atelier de dame Hélène. Madoc n'avait pas bougé, toujours adossé à la porte.

– Tu t'es bien débrouillé, le félicita le sorcier. Maintenant, dépêchons-nous. La présence de Son Altesse est requise sur les remparts. Le temps presse !

Ils le suivirent au pas de course dans l'escalier en colimaçon. En atteignant le sommet de la tour, Randal s'aperçut que le seigneur Alyen se tenait toujours au même endroit, contemplant le campement des assiégeants. Il alla le rejoindre et demanda :

– Rocourt a-t-il envoyé son héraut ?

– Pas encore. Mais cela ne devrait plus tarder.

En effet, le son du cor retentit dans la plaine tandis qu'un petit groupe de cavaliers entreprenait de gravir la colline qui menait au château. L'un d'eux portait la bannière d'Hugo de Rocourt : un énorme corbeau en vol, aux ailes déployées. Un autre était vêtu du surcot blanc des hérauts. Lorsqu'ils atteignirent la limite du cercle magique, l'un des chevaux effleura la barrière invisible, qui s'enflamma d'un éclair bleu l'espace de quelques secondes. La bête lança des ruades, refusant de continuer.

— Vous tous, dans le château, cria le héraut, si vous rendez la fille et faites acte d'allégeance au roi Hugo, nous repartirons en paix.

Avant que le seigneur Alyen ait pu répondre, Diamante s'avança et monta sur le parapet où tous pouvaient la voir, ses longs cheveux argentés flottant librement au vent comme une bannière.

— Si le prétendant au trône souhaite la paix, qu'il regagne ses terres, lança-t-elle d'une voix qui porta jusqu'à la plaine. Je suis la reine légitime, et c'est vous qui me devez allégeance.

Chapitre 8 : Le combat sur les remparts

Aucune autre réponse ne vint du château. Le seigneur Alyen monta en personne sur le mât pour y accrocher la bannière de la princesse, la hissant par-dessus celle de Doun.

– Voilà qui va leur donner de quoi réfléchir, dit-il en regardant claquer au vent le pan de soie bleu et argent, avec son cerf bondissant et sa couronne royale.

Au pied des murs, les cavaliers avaient rebroussé chemin. Diamante resta au côté du seigneur Alyen, à observer les assiégeants. Au bout d'un moment, maître Madoc quitta les lieux.

Randal hésita, regardant successivement son oncle et la princesse, et les marches par lesquelles le sorcier venait de disparaître. Finalement, accompagné de Lys, il s'engouffra à la suite de Madoc dans l'escalier en colimaçon de la tour de guet. Ils le retrouvèrent sur les remparts, arpentant les murs sans paraître remarquer les coups d'œil intrigués des archers et des maîtres d'armes.

Aux émanations de magie qui flottaient dans l'air et à l'expression concentrée du sorcier, Randal devina qu'il était en train d'éprouver la résistance de son cercle protecteur. Les deux jeunes gens se joignirent à lui pour faire le tour des remparts. Le campement résonnait à présent de roulements de tambours, entrecoupés par la note aiguë des trompettes et la voix rauque et grave du cor.

« Varnart doit se dépêcher d'attaquer, songea Randal. Ni lui ni Rocourt ne peuvent se permettre de rester assis devant les murs, à attendre que le château soit à court de vivres. Hugo est censé se présenter au Champ des Rois le jour de la Saint-Jean. »

Lys scrutait la plaine avec anxiété. Le soleil matinal brillait sur une multitude d'engins de guerre : des trébuchets pour lancer de lourdes pierres contre les murailles du château ou par-dessus, des béliers pour briser les portes, des tours d'assaut en bois, aussi hautes que les parapets du château.

— Ne serions-nous pas moins exposés à l'intérieur ? demanda-t-elle à Randal.

Maître Madoc cessa de faire les cent pas pour lui lancer un regard rassurant.

— Tant que le cercle restera en place, nous serons aussi en sécurité ici qu'il est possible de l'être.

Le sorcier du Nord eut un petit sourire :

— Mon ami Crannach dirait sans doute que c'est à cause du barbare qui sommeille en moi, mais j'ai toujours préféré mener mes batailles à ciel ouvert.

Et bataille il y aurait, Randal n'en pouvait plus douter.

Seulement, pour amener les engins de guerre jusqu'au pied de l'enceinte, les assiégeants devaient d'abord briser le cercle qu'il avait mis en place avec Madoc.

«Ce qui implique une lutte de sorciers, songea-t-il. Maître Varnart contre Madoc, Crannach… et moi. À nous trois, nous devrions réussir à préserver le cercle. Mais Madoc a raison, Varnart dispose d'un pouvoir énorme.»

Il se tourna vers Lys.

— Comment maître Varnart vous a-t-il capturées, Diamante et toi ? la questionna-t-il. Et qu'est-il arrivé aux gardes qu'on a vus assommés près des pierres dressées ?

— C'était bizarre, lui répondit son amie. Nous nous tenions dans l'atelier de dame Hélène, et j'étais en train d'accorder mon luth, quand quelque chose que je n'ai pas eu le temps de distinguer a surgi de nulle part pour s'emparer de la princesse. Je l'ai attrapée par le bras pour la retenir et, aussitôt après, nous nous sommes retrouvées dans la clairière, ligotées à ces pieux.

Elle s'interrompit, comme pour rassembler ses souvenirs, avant de reprendre :

– Au bout d'un moment, un sorcier est arrivé.

– Varnart, précisa Randal.

Les yeux bleus de Lys s'assombrirent.

– Oui, c'était bien lui ! Après ce que tu as fait à sa statuette en ivoire, il se réjouissait tellement à l'idée de te nuire ! Il jubilait. Il a promis à Diamante qu'elle n'avait pas à craindre pour sa sécurité, puisqu'elle avait plus de valeur vivante que morte. « Un fouet pour obliger Hugo à marcher droit », c'est ainsi qu'il l'a définie. Il n'a pas eu de paroles aussi réconfortantes pour moi, ça non ! J'ai bien cru que c'en était fini de moi. « Partout où vous allez, m'a-t-il dit, on est sûr de voir apparaître ce jeune empêcheur de tourner en rond... ce qui m'arrange tout à fait. »

Cette information alerta Randal. « Varnart tient trop à son pouvoir pour le corrompre en mentant, pensa-t-il. Ce monde repose sur la vérité, et nul ne peut espérer y commander par le mensonge. En déclarant se réjouir de ma venue, il était sûrement sincère. Dans ce cas, pourquoi m'a-t-il laissé échapper ? »

— Après, il est reparti, reprit Lys, et les hommes que tu as vus là-bas ont commencé à se moquer de nous, à s'incliner devant la princesse en lui demandant quels étaient ses ordres. Et puis, d'un seul coup, ils se sont écroulés et se sont mis à ronfler.

Maître Madoc hocha la tête :

— Je connais ce sort. La princesse a dû l'apprendre au royaume des elfes. Leur magie met du temps à agir lorsqu'elle est pratiquée par des humains, mais elle reste extrêmement fiable. Que s'est-il passé ensuite ?

— Les cordes se sont détachées. Encore un sort, je suppose. Alors, nous sommes parties à la recherche d'un fort d'elfes, mais Varnart nous a retrouvées et nous a figées. Impossible de faire un pas. Il a dit que nous n'avions plus qu'à attendre que nos amis viennent nous chercher. Ce que nous avons fait. Tu connais la suite.

Tous trois se turent, perdus dans la contemplation de la plaine piquetée de tentes. Des hommes sortaient du camp pour se regrouper autour des bannières et des étendards, leurs armes étincelant au soleil. Le son des tambours et des trompettes ajoutait au tumulte ambiant. Dans le château, les murs et les tours retentissaient de voix familières : celles de Walter, du seigneur Alyen, de messires Palamon et Iohan, lançant des ordres, appelant les hommes au calme de peur qu'une flèche ou un autre projectile perdu n'aille briser le cercle de l'intérieur. Diamante arpentait les remparts. Sur son passage, les soldats se redressaient, semblant reprendre espoir.

Les assiégeants entreprirent de gravir la colline ; mais bientôt les limites invisibles de la barrière les contraignirent à ralentir, puis à s'arrêter. La protection tenait toujours. Un trébuchet projeta une volée de pierres en direction du château. Elles ébauchèrent un arc de cercle dans les airs avant de rebondir contre le bouclier magique, retombant en pluie sur les hommes postés au pied de la colline.

Lys laissa échapper un soupir de soulagement. Quant à Randal, il avait crispé les poings si fort que les rouvrir lui fit mal. Non qu'il eût douté du pouvoir protecteur du cercle de Madoc ; mais, pour la première fois, il réalisait pleinement ce qui se passait. Doun était en guerre.

Il scruta le lointain, par-delà les assaillants et les machines de guerre. Un petit nuage qui flottait à l'horizon grossissait à une vitesse surnaturelle. Prenant une ampleur menaçante, il s'étala pour adopter la forme d'une énorme enclume, qui plongea les collines dans l'ombre.

— Ah, fit Madoc en suivant son regard. Ça commence ! Nous allons bientôt savoir qui détient la magie la plus puissante.

— Où est maître Crannach ? demanda Lys. Ne va-t-il pas vous aider ?

— Il est déjà en train de le faire, répondit le sorcier. Il monte la garde à la frontière du monde des démons.

Un sourire fugace passa sur ses lèvres.

— À l'heure qu'il est, il doit être enfermé dans sa chambre. Il aime son petit confort, et s'arrange pour travailler dans un bureau le plus souvent possible.

— Tant mieux pour lui, marmonna Lys avec un regard désolé vers le ciel. Parce que, nous, nous n'allons pas tarder à être trempés.

En effet, à l'ouest, une masse de gros nuages en forme d'enclume avaient rejoint le premier et voguaient à vive allure au ras des collines, cachant le soleil et obscurcissant toute la campagne. Sur le front de l'orage, des éclairs zébrèrent le ciel. Le tonnerre gronda. Un souffle de vent chaud tourbillonna autour des remparts, chargé d'énergie magique. Et cette magie était puissante et sûre d'elle, porteuse d'une volonté de destruction qui donna à Randal la chair de poule.

« Varnart n'essaie même pas de masquer ses attaques sous un semblant de subtilité, songea-t-il. Sommes-nous si inoffensifs à ses yeux ? »

Comme pour lui répondre, une couronne d'éclairs illumina les tours. Un vent violent s'abattit sur les remparts, faisant voler dans l'air chaud des tourbillons de feuilles et de poussière. Soudain, la barrière magique se mit à luire, auréolant le château d'une teinte rouge sombre. Des rayons de lumière blanche, tels des éclairs figés ou les racines de plantes monstrueuses, commencèrent à étreindre le bouclier transparent.

Puis l'air vibra d'un bourdonnement sourd. Les rayons poursuivaient leur ascension autour du dôme protecteur, de plus en plus vite. Immobile sur les remparts, maître Madoc était tout entier absorbé dans la tâche de renforcer le cercle contre les assauts de Varnart. Randal n'avait nul besoin d'un sort de résonance pour percevoir la force du pouvoir qu'il y consacrait.

– Que se passe-t-il ? s'alarma Lys.

– Nous sommes attaqués, expliqua Randal. Ces zébrures blanches, c'est Varnart qui tente de briser le cercle de l'extérieur.

Tout à coup, non loin d'eux, un homme d'armes poussa un cri étranglé et leva le bras pour lancer un javelot sur les assiégeants.

— Non ! hurla Randal en l'arrêtant par un sort d'immobilisation.

L'homme se figea, lâchant le javelot avant d'avoir pu passer à l'acte. Le cercle était sauf ! D'un bond, Lys s'empara de l'arme pour empêcher l'homme de s'en ressaisir.

Randal se dirigea sur le soldat.

— Pourquoi avez-vous fait cela ? Messire Palamon et le seigneur Alyen ne vous ont-ils pas prévenus que cela briserait le cercle magique ?

L'homme, le teint blême, respirait par à-coups, tel un cheval terrifié qui menace de s'emballer.

— Vous ne les voyez donc pas ? demanda-t-il en tendant un doigt tremblant. Des squelettes et des serpents escaladent les murs !

Randal regarda dans la direction indiquée et fronça les sourcils. Il ne voyait rien. Puis un sort de résonance lui renvoya l'écho d'une illusion complexe. Destinée à leurrer les non-sorciers, elle portait la marque incontestable de Varnart.

— Ils ne sont pas réels ! cria-t-il à tous les hommes. Rien de tout cela n'est réel !

Palamon, Walter et le seigneur Alyen, en relayant son cri, parvinrent à rétablir le calme parmi les défenseurs.

Or, l'illusion de Varnart n'aurait pas dû fonctionner. Randal lança un nouveau sort de résonance, cette fois sur le cercle magique. La barrière de Madoc tenait toujours, plus solide que jamais grâce à l'énergie qu'il y avait employée. « C'est impossible ! pensa le jeune sorcier. Varnart fait passer une illusion à travers un cercle intact ! »

Tout à coup, la vérité s'imposa à lui, glaçante, implacable : « Il ne l'envoie pas à travers le cercle ! Il l'a fait passer avec moi par la porte magique, avant même que l'assaut n'ait commencé. »

Randal rit amèrement de sa propre naïveté. « Et dire que j'ai eu l'arrogance de lui reprocher son manque de subtilité ! L'enlèvement de Lys et Diamante avait sans doute pour seul but de glisser un sort d'illusion au travers des défenses de Madoc ! »

Il se hâta de parcourir les murs en interpellant les soldats.

— Ne regardez pas ces créatures ! répétait-il. Le sorcier de Rocourt essaie de vous leurrer. Ne les regardez pas !

« Je ne peux pas tenter de rompre l'illusion,

songea-t-il. Le bouclier se briserait en même temps. »

Puis il risqua un coup d'œil par-dessus le mur. Il plissa les yeux : sorti du château par la poterne, un homme rampait en terrain découvert vers la barrière invisible, centimètre après centimètre, attiré par une illusion invisible aux yeux de Randal. Ayant atteint le cercle rougeoyant, il tendit la main.

Randal jeta un nouveau sort d'immobilisation ; trop tard ! La main de l'homme traversa le cercle, qui éclata comme une bulle de savon. Ses contours de lumière mouvants et colorés disparurent comme s'ils n'avaient jamais existé.

Une clameur s'éleva à l'extérieur du château. L'armée d'Hugo se rua en avant, dans les cris de guerre et les sonneries de trompettes. Trébuchets et catapultes projetèrent par-dessus les murs une nuée de pierres et de javelots.

– Randal, mon garçon !

C'était la voix de Madoc. Randal, en se retournant, vit le maître sorcier s'appuyer contre le mur, comme si la rupture du cercle l'avait frappé physiquement. Lys se tenait à côté de lui, haletante, serrant toujours le javelot qu'elle avait attrapé au vol.

– Maître Madoc ! Ça ne va pas ?

Le sorcier se redressa.

— Si, si, ne t'inquiète pas. Dépêche-toi d'aller chercher maître Crannach. À nous trois, nous pouvons élaborer un sort de protection qui devrait résister même à Varnart.

Randal se précipita dans la tour de guet et s'engouffra dans l'escalier qui menait à la partie centrale du château. Après un instant d'hésitation, Lys lui emboîta le pas, son javelot à la main. Parvenu devant la chambre assignée à maître Crannach, le jeune sorcier tambourina du poing sur la porte.

— Maître Crannach ! Maître Crannach ! cria-t-il. Madoc a besoin de vous sur les remparts !

Comme la veille, il n'eut qu'à effleurer la porte pour faire céder le sort de verrouillage sommaire. Il fit quelques pas dans la pièce.

Crannach était allongé de tout son long sur les dalles de pierre au milieu de son cercle. Les symboles rouge sang luisaient comme du feu. Il y avait ajouté de nouveaux caractères, d'un rouge plus vif, scellant la barrière contre les démons par la magie la plus puissante qui soit : le sang d'un sorcier.

Le visage pâle et couvert de sueur, le maître essaya vainement de se relever tandis que Lys et Randal s'agenouillaient à côté de lui.

— Dites à mon ami Madoc... que je regrette, murmura-t-il d'une voix saccadée. Je suis… à bout… de forces. C'est fini…

— Vous avez verrouillé ce monde contre les démons, dit Randal. C'est suffisant.

Crannach secoua la tête :

— Un faux roi… Le monde entier est menacé…

Il ferma les yeux, puis les rouvrit d'un seul coup :

— La princesse… Vous resterez à ses côtés ?

— Aussi longtemps que je vivrai, promit Randal à mi-voix. Reposez-vous, maintenant.

Il se releva, tira Lys par la manche et la fit sortir de la pièce en refermant la porte derrière lui. Il posa la main sur le bois, chuchota quelques mots, et la porte se confondit avec le mur de pierre, indécelable à la vue et au toucher.

— Pourquoi fais-tu cela ? s'étonna Lys.

— Pour le dissimuler, au cas où Hugo s'emparerait du château.

Lys s'arrêta net pour le dévisager :

— Tu penses que Doun va tomber, n'est-ce pas ?

Randal, à son tour, la regarda droit dans les yeux :

— Oui. Ils sont plus nombreux que nous, et Varnart est passé maître dans l'art de la magie guerrière. J'ai déjà perçu son pouvoir, et je doute que Madoc lui-même puisse l'égaler dans son domaine de prédilection.

La musicienne avala sa salive avec effort et serra violemment le poing sur le javelot.

— Qu'allons-nous faire ? demanda-t-elle.

— Il faut que tu te mettes à l'abri tant qu'il est temps. Rends-toi au fort des elfes. Je te conduirai à la poterne, et je te déguiserai pour que tu passes inaperçue.

Les yeux bleus de Lys, assombris par l'inquiétude, lancèrent des éclairs de colère.

— Et toi ? Que comptes-tu faire, au juste, une fois que je serai partie me cacher ?

Il haussa les épaules.

— Aider maître Madoc le plus longtemps possible. Ensuite, tâcher de mettre Diamante en sécurité.

— Tu veux me renvoyer dès maintenant ?

Elle était blême, sa voix tremblait de rage :

— Après tout ce que nous avons vécu ensemble, tu me crois lâche à ce point ?

Randal secoua la tête :

— Non, bien sûr que non. Mais tu n'as pas à mourir à cause de mes échecs.

— Je suis ici de ma propre volonté, objecta-t-elle d'un ton sans réplique. Tant que tu resteras, je resterai.

Le jeune sorcier soupira :

– Très bien. Va retrouver Diamante et ne la quitte plus. Si le château tombe, nous essaierons de sortir tous ensemble.

– Entendu.

Après l'avoir fixé un moment sans bouger, elle le serra brièvement contre elle, maladroitement, et partit en courant.

Randal descendit l'escalier, traversa la grande salle et sortit dans la cour. Des nuages verdâtres déversaient une pluie battante sur les pavés. À travers le rideau liquide, il parvint à distinguer la porte principale du château. Renforcée par de lourdes barres transversales, elle tenait bon. Mais les assaillants s'acharnaient dessus avec des cris effrayants.

«Autant que je fasse ce que je peux ici avant de rejoindre maître Madoc», songea Randal.

D'un sort de verrouillage, il consolida à la hâte la grande porte, ainsi que la petite qui la jouxtait. Soudain, il entendit des voix en provenance du mur sud. C'était Palamon, hurlant quelque chose comme : «Repoussez-les! Repoussez-les!»

«Des échelles d'assaut! comprit Randal. Les hommes de Rocourt essaient d'escalader les remparts.»

Puis un grondement sourd et continu se joignit aux coups de tonnerre, et la porte vibra et vacilla sur ses gonds sous les coups répétés d'un bélier.

Tournoyant dans les airs, une volée de moellons lancés par un trébuchet vint s'écraser sur le mur à quelques pas de lui, dans un fracas de pierre brisée. Des fragments coupants fusèrent en tous sens. Un éclat de granite égratigna la joue de Randal, et il sentit un filet de sang se mêler à la pluie glacée qui coulait sur son visage.

Un grand froid lui saisit les entrailles. « Ils attaquent ma maison! songea-t-il. Le lieu où j'ai grandi. »

À cet instant, un craquement plus violent que les précédents résonna dans la cour, et le sol trembla sous ses pieds.

Tout autour de la grande porte, la muraille s'illumina d'une lueur bleutée. La magie de Varnart! Dans un bruit assourdissant, la tour de guet s'effondra, et les chevaliers et fantassins d'Hugo de Rocourt, gravissant le tas de ruines, s'engouffrèrent dans la cour.

Chapitre 9 : L'ennemi dans les murs

Le souffle coupé, Randal demeura figé, incrédule, fixant les envahisseurs. Puis, avec un cri inarticulé, il invoqua tout son pouvoir pour jeter un sort d'immobilisation sur le premier des assaillants. Soulevé de terre par le choc, l'homme retomba en arrière, entraînant dans sa chute deux de ses camarades.

Chevaliers et fantassins, arborant sur leurs surcots le corbeau, emblème de Rocourt, affluaient par-dessus les décombres de la tour. Randal tenta d'entraver leur progression en multipliant les sorts d'immobilisation, pendant que les paysans et les soldats de Doun se réfugiaient dans la grande salle. Il savait qu'il ne disposait que de quelques minutes avant que Varnart ne réalise ce qu'il faisait et ne l'arrête.

Il rit tout haut, d'un rire qui le choqua lui-même par sa note rauque, au bord de l'hystérie. «Comme si maître Varnart allait se borner à *m'arrêter*! rectifia-t-il pour lui-même. Il va me tuer, tout bonnement. Adieu, tous mes espoirs. Je ne deviendrai jamais maître sorcier. »

Randal fit jaillir au centre de la cour des flammes illusoires, de plus en plus hautes, qui firent battre en retraite les hommes de Rocourt. Soudain, une voix s'éleva dans la foule des attaquants :

– Avancez ! Ces flammes ne sont qu'une illusion !

À ce cri, la masse des envahisseurs relança l'assaut.

Une boule incandescente vint s'écraser sur les dalles de la cour, en plein milieu du feu magique invoqué par Randal. « Varnart ? » pensa le jeune sorcier. Mais ses flammes, loin de s'éteindre, redoublèrent de vigueur, et le premier homme qui les atteignit hurla à leur contact.

Une deuxième boule de feu s'abattit. Randal, levant la tête pour en découvrir la provenance, vit Madoc debout sur les murs. Tout autour de lui, les remparts étincelaient d'une lueur bleutée, et le château tout entier était couronné d'un halo de lumière changeante. C'est alors qu'une flèche vola par-dessus le mur. Sa pointe et sa plume brillaient d'une lueur d'un vert maléfique, et sa trajectoire était d'une précision telle que nul arc n'aurait pu la lui imprimer.

Trop tard, Randal cria le nom de Madoc, dont les murs lui renvoyèrent l'écho. La flèche magique s'enfonça profondément dans le flanc du sorcier, qui tituba et s'écroula hors de sa vue.

Privé de l'action de Madoc, le feu qui flambait dans la cour se réduisit aussitôt à une illusion, et les chevaliers de Rocourt se ruèrent de nouveau en avant. Les défenseurs qui occupaient encore la cour se replièrent à l'intérieur du château.

Randal se laissa entraîner par la foule sans opposer de résistance. La chute de Madoc l'avait vivement ébranlé. Le sorcier du Nord, comme le château, avait toujours représenté pour lui un repère stable et indestructible dans ce monde secoué par les conflits. Et voilà qu'en l'espace de quelques minutes, tous deux s'effondraient.

Le bruit et la confusion régnaient dans la grande salle. Partout gisaient des blessés et des mourants, hommes d'armes et villageois confondus. Dame Hélène, pâle mais stoïque, s'activait à diriger femmes et enfants vers les celliers, pour qu'ils y attendent la fin de la bataille.

Tous les hommes encore valides se préparaient à participer à la lutte, prenant des armes, revêtant leurs armures. Randal repéra le baron Hector. Les traits tirés, affaibli par sa blessure récente, il avait néanmoins enfilé sa cotte de mailles et serrait dans son poing massif la poignée d'une épée.

À l'autre bout de la salle, là où se dressait d'habitude la grande table, il aperçut Diamante et Lys. Celle-ci, son luth en bandoulière, tenait toujours son javelot à la main. La princesse allait d'un blessé à l'autre, s'agenouillant ici et là pour poser une main sur un front, ou pour prodiguer quelques paroles de réconfort. Fidèle à elle-même, elle ne s'était pas départie de son air calme et un peu triste. Randal se demanda si elle regrettait d'avoir quitté le royaume des elfes pour le monde des mortels.

Chassant cette question de son esprit, il inspecta la salle à la recherche d'autres visages familiers. Il ne vit ni Walter ni le seigneur Alyen, et pas davantage messire Palamon. Mais messire Iohan était là, supervisant les hommes d'armes occupés à déplacer les bancs et les tables à tréteaux pour les entasser le long des murs.

– Des haches ! cria le vieux chevalier à l'un des écuyers que Randal avait aperçus la veille. Va à l'armurerie chercher des haches et des lances !

L'écuyer s'éloigna d'un pas vif. Messire Iohan, se tournant vers Randal, cligna des yeux comme s'il le voyait pour la première fois.

— Où est maître Madoc ? demanda-t-il d'un ton impérieux. Et l'autre, le sorcier étranger ?

Randal serra violemment les poings, comme si la douleur ravivée de sa cicatrice pouvait lui faire oublier l'image de maître Madoc transpercé par la flèche de feu verte.

— Madoc est tombé, répondit-il sans ambages. J'ignore s'il est encore en vie. Et Crannach s'est épuisé à essayer de nous protéger. Si vous avez besoin d'un sorcier, il faudra vous contenter de moi.

— Alors, aidez-nous à défendre cette porte, répliqua messire Iohan. C'est tout ce que je demande.

Les dernières paroles du vieux chevalier furent couvertes par le choc d'un bélier heurtant les portes bardées de fer de la grande salle.

Dans un geste désespéré, Randal lança de nouveau le sort de verrouillage, tout en sachant qu'il ne tiendrait pas longtemps. La magie permettrait de maintenir en place la barre de fer, mais cela ne servirait pas à grand-chose. Le bélier, à lui seul, suffirait à faire sortir la porte de ses gonds. Et il ne voulait même pas penser à la façon dont Varnart, par la force de son pouvoir magique, avait anéanti la tour de guet.

Un deuxième grondement sinistre fit trembler la porte, qui gémit sous l'impact.

« Il faut que je fasse quelque chose, songea le jeune sorcier, avant que le battant ne cède et que la grande salle ne soit livrée au corps à corps. »

Il fit quelques pas en avant. Il percevait confusément derrière lui la voix de messire Iohan, ordonnant à ses hommes de former un mur défensif, mais l'essentiel de son attention restait concentré sur sa tâche. Les porteurs du bélier se tenaient juste derrière, là où ils avaient assez de recul pour donner de l'élan à la lourde poutre, et l'envoyer buter de plein fouet contre la porte.

« La peur et la confusion, songea-t-il. Que leurs desseins nuisibles se retournent contre eux et les mettent en fuite. »

Le bélier frappa une troisième fois. Randal leva les bras.

– *Imago terroris*, articula-t-il dans la Vieille Langue. *Imago malevolentiae… Fiat !*

Les coups cessèrent.

« Ils battent en retraite momentanément, mais ils reviendront. Je dois trouver un autre subterfuge pour les tenir à distance. »

À la hâte, il jeta un sort de chaleur sur les pierres de l'entrée et les escaliers extérieurs, qui se mirent à rougeoyer. Randal entendit des cris et des hurlements, agrémentés de jurons… suivis d'un long silence qui ne présageait rien de bon. Les autres occupants de la grande salle, percevant eux aussi la menace, échangèrent furtivement des regards inquiets. Le baron Hector et messire Iohan, qui encadraient la rangée défensive, s'immobilisèrent avec un air sombre.

Au supplice, Randal sentit une magie puissante se concentrer lentement, inéluctablement. Puis Varnart frappa, et les pierres du château explosèrent de nouveau dans un jaillissement de lumière bleutée.

Toute la façade s'écroula dans un nuage de poussière et d'éclats de pierre, tandis qu'un essaim de flèches vertes traversait la salle à la vitesse de l'éclair. L'une d'elles siffla aux oreilles de Randal. Une autre alla se planter dans la gorge de messire Iohan. Le vieux chevalier émit un gargouillis avant de s'effondrer.

– Du calme ! lança le baron Hector aux hommes d'armes. Gardez votre calme ! Vous, le sorcier, conduisez la princesse en haut de la tour et tirez les barres de fer derrière vous. Nous les retiendrons le plus longtemps possible.

Randal se détourna de la porte et traversa la rangée d'hommes qui s'ouvrit sur son passage, pour courir rejoindre Lys et Diamante au fond de la salle.

– Guidez-moi, lui dit la princesse.

– Par ici.

Lorsqu'ils eurent franchi la porte qui menait à l'escalier, Randal se retourna pour y placer un sort de verrouillage. «Ce n'est pas cela qui peut arrêter la magie de Varnart, ni résister longtemps à un bélier, songea-t-il en montant les marches quatre à quatre. Mais ça peut nous faire gagner du temps dans un moment critique.»

À mi-chemin, ils butèrent sur Walter, qui descendait. Du sang maculait son armure, ainsi que la lame de son épée. L'écu qu'il portait au bras gauche était brisé, couvert de sueur et de poussière.

– Où allez-vous, tous les trois ? lança-t-il d'une voix rauque. Les hommes de Rocourt sont là-haut, sur les murs. Mon père m'a demandé d'aller chercher la princesse et de la mener en sécurité en sortant par la poterne.

– Ça ne marchera pas, objecta Randal en secouant la tête. La poterne est inaccessible. Rocourt et ses hommes tiennent à la fois la cour et la grande salle.

Les épaules de Walter s'affaissèrent.

– Tout cela n'a donc servi à rien ! grogna-t-il. Je ne voulais pas abandonner le combat sur les murs, mais Père m'y a poussé. Et maintenant…

— Ne désespérez pas, messire chevalier, murmura la princesse en lui touchant doucement le poignet.

Puis, s'adressant à Randal, elle ajouta :

— Il reste la porte magique qui se trouve dans l'atelier de dame Hélène… Pensez-vous être capable de la retrouver et de l'utiliser comme issue de secours ?

— La retrouver n'est pas un problème, affirma Randal. La difficulté consiste à détourner le sort d'un autre sorcier pour son usage personnel.

— Tu dois essayer, Randal, intervint Walter. C'est le seul moyen de sortir… et j'ai donné ma parole à Père.

« Le seigneur Alyen est sans doute mort, à l'heure qu'il est », réalisa le jeune sorcier. Il n'aurait jamais renvoyé son fils s'il était resté un espoir de sauver le château. Et Walter ne devait pas l'ignorer. Randal regarda son cousin avec compassion. « Il essaie d'accomplir la dernière volonté de son père. Rien d'autre au monde n'aurait pu le persuader d'abandonner les remparts. »

— Très bien, dit-il à Diamante. Nous allons tenter notre chance avec la porte magique de Varnart.

Ils rebroussèrent chemin, se dirigeant vers l'atelier de dame Hélène. De toutes parts, du rez-de-chaussée comme des hauteurs, leur parvenait le tumulte de la bataille, à peine étouffé par les épaisses murailles. « Au moins, le combat continue, se dit Randal. Doun n'est pas aussi facile à prendre que Rocourt et Varnart l'avaient escompté. »

Ouvrant la porte de l'atelier, il le trouva baigné d'une lumière rougeâtre, qui se déversait par les hautes fenêtres. Il pensa d'abord à la magie, à quelque sinistre trouvaille de Varnart, avant de comprendre qu'il s'agissait d'un incendie dont les flammes, au dehors, se détachaient en grandes langues rouge sang, orange et jaune sur le noir du ciel d'orage.

L'escalier en colimaçon qui flanquait la tour était en feu.

– Tous ceux qui se trouvaient sur les murs sont montés se réfugier dans la tour de guet, en mettant le feu à l'escalier derrière eux, expliqua Walter, pâle, les mâchoires serrées.

Randal ne pouvait le leur reprocher. Maintenant que la grande salle était aux mains de Rocourt, les défenseurs de la tour de guet allaient être pris en tenaille, attaqués en même temps de face et par le bas.

« Quand j'aurai mis Lys et la princesse à l'abri, je reviendrai, se promit-il, et… et quoi ? Je demanderai à Rocourt de cesser le combat ? C'est ridicule. Enfin, je ferai de mon mieux. Mais d'abord, j'ai une porte magique à modifier. »

Il jeta le sort de résonance, et sa vision, aiguisée par les fruits du royaume des elfes, lui révéla sur le sol les contours fantomatiques d'un cercle magique. « Si j'ouvre la porte dans son état actuel, raisonnat-il, nous retomberons droit dans le piège de Varnart. Il faut que je redessine le cercle avec les bons symboles. »

Il inspecta rapidement la pièce à la lumière rougeoyante des flammes. « Tante Hélène utilise de la craie pour marquer les traits de coupe sur son tissu. Il doit y en avoir dans son panier à ouvrage. » Il trouva ce qu'il cherchait et entreprit de repasser les traits à peine visibles.

— Nous allons viser Tarnsberg, annonça-t-il à ses compagnons tout en travaillant. C'est l'endroit le plus sûr que je connaisse, et le seul où nous ayons une chance de trouver de l'aide.

Lorsqu'il eut inscrit le dernier symbole magique sur la bordure du cercle, il l'enjamba en faisant signe aux autres de le rejoindre. Ils le suivirent, Lys et Diamante avec empressement, Walter avec une répugnance à peine masquée. Puis Randal prononça la formule d'ouverture de la porte magique.

Tout comme la première fois, il peina à élaborer le sort en l'absence d'un appui matériel. Cependant, s'étant familiarisé avec le pouvoir de Varnart, il s'adapta plus rapidement aux schémas magiques du sorcier. Le plus dur serait d'y insérer ses propres desseins, et de détourner la porte de sa destination initiale pour la diriger sur Tarnsberg.

Puisant dans ses réserves personnelles, il perçut le pouvoir du sort qui montait en lui, puis la forme et l'objectif de Varnart qui se modifiaient.

– *Aperite portae !* cria-t-il dans la Vieille Langue. Et la porte s'ouvrit.

« J'ai réussi ! exulta-t-il tandis que les murs et le mobilier se transformaient autour de lui en s'étirant telle de la cire fondue. Ça marche ! »

Soudain, Randal se sentit violemment aspiré par le pouvoir de Varnart. Il lutta tant qu'il put pour maintenir son sort. Tout, plutôt que de retomber entre les mains de son ennemi, qui tentait de l'entraîner de manière presque palpable. Son adversaire déchaînait toute sa puissance, mais Randal résistait.

Puis le contact avec le maître sorcier se rompit. Randal eut l'impression que les murs s'écroulaient. La porte magique se referma derrière lui, et il sentit sous ses pieds une brusque secousse.

Il regarda autour de lui, s'attendant à découvrir les rues étroites et les maisons de bois de Tarnsberg. Or, il se trouvait avec ses compagnons dans une forêt aux arbres séculaires, coiffée de nuages bas d'un rouge menaçant. Un coup de vent tournoya soudain autour d'eux, chargé d'une odeur âcre qui piquait la gorge.

Randal toussa, et ses yeux irrités se remplirent de larmes. Il cligna des paupières pour éclaircir sa vision et s'efforça de se concentrer. Ils se tenaient près d'un vieil arbre noueux, un peu à l'écart des autres : un arbre constitué de trois troncs entremêlés, celui d'un chêne, d'un frêne et d'un sorbier. Ce dernier portait des traces de coups de hache, à demi effacées par le temps et les intempéries. Les trois arbres avaient jailli au même emplacement et s'étaient enroulés jusqu'à ne faire qu'un.

« Je suis déjà venu ici, se rappela Randal. Je suis déjà venu, et je me souviens… » Là, en un éclair, il comprit ce qu'avait fait Varnart, et une terrible vague de panique le submergea. « Certaines choses sont pires que la mort, et celle-ci en est une. »

– Nous ne sommes pas à Tarnsberg, déclara Lys.

– Je n'y suis jamais allé, fit Walter avec un rire âpre, mais, à voir cet endroit, je veux bien te croire.

Randal s'arracha à la contemplation de l'arbre triple pour affronter le regard circonspect de ses compagnons.

— Nous ne sommes même pas à Carnouguel, déclara-t-il. Varnart a déformé le sort.

Diamante le fixa droit dans les yeux :

— Dites-leur toute la vérité, sorcier. Nous ne sommes plus dans le monde des humains.

Randal se mordit la lèvre.

— C'est vrai. Varnart nous a envoyés dans le monde des démons.

Il baissa la tête.

— Pardonne-moi, Walter. J'ai finalement échoué, comme dans mon rêve. En voulant vous protéger, je n'ai réussi qu'à vous mettre dans une situation encore plus désespérée.

— N'y a-t-il aucun moyen d'en sortir ? s'enquit Lys.

— Il reste une chance, répondit Randal en relevant la tête. C'est risqué, mais c'est notre seul espoir. Prête-moi ton couteau.

— Pour quoi faire ? demanda la musicienne en fronçant les sourcils.

— Pour dessiner. Ne bougez pas. Et, quoi qu'il arrive, ne sortez pas du cercle.

Walter le regarda d'un air soupçonneux :

– Tu as dit que maître Crannach avait érigé une barrière entre les deux mondes.

– En effet, confirma Randal. Mais il l'a dressée pour arrêter les démons, pas les mortels. Je peux peut-être contourner cette barrière et rétablir le contact avec notre monde, si ma ruse marche.

Un mouvement dans le sous-bois attira son regard. Une silhouette indistincte se déplaçait parmi les arbres.

– Les démons nous surveillent en ce moment même, annonça-t-il. Il faut que je dessine un cercle.

Il tendit la main :

– S'il te plaît, Lys, ton couteau.

Elle le lui remit sans un mot. Randal commença à tracer deux cercles magiques, avec plus de soin que jamais auparavant. Serrant maladroitement le couteau dans sa main droite balafrée, il commença par dessiner le premier, juste assez grand pour contenir une personne, et le laissa vide. « Un cercle interne pour piéger Varnart, et un autre autour pour nous protéger tous les quatre. » Puis il traça le second, qui englobait le premier, autour du petit périmètre dans lequel se serraient ses compagnons.

Les silhouettes qui se mouvaient dans la forêt – à présent, il y en avait plus d'une – se rapprochèrent.

Méticuleusement, il dessina des mots et des symboles mystiques autour du grand cercle destiné à les isoler des démons, se contentant d'indiquer autour du petit les quatre points cardinaux. Puis il enjamba le bord du grand cercle pour y rejoindre ses amis, sans pénétrer dans l'autre.

— Restez groupés et tenez-vous prêts, leur recommanda-t-il. Maître Varnart a commis une erreur en établissant un contact avec moi pour briser les défenses du château. Je vais à mon tour utiliser ce contact pour le contraindre à venir ici, et à créer une nouvelle porte magique qui ouvrira un passage vers le monde des humains. Ainsi, nous pourrons rentrer chez nous.

Il regarda ses compagnons.

— Faire agir un maître sorcier sous la contrainte requiert une magie très puissante, et un pouvoir qui ne peut venir que du sang d'un sorcier. Quoi que vous fassiez, ne brisez pas le cercle et ne laissez pas les démons se nourrir de mon sang. Si l'un d'eux goûtait au sang d'un sorcier, même les barrières érigées par maître Crannach ne suffiraient sans doute pas à les empêcher d'envahir Carnouguel.

Les amis de Randal se tinrent sans mot dire dans le cercle à côté de lui, sous les branches de l'arbre triple. Il prit le temps de rassembler son pouvoir...

et son courage, puis il leva le couteau qu'il tenait toujours dans sa main droite et, d'une saccade, le fit glisser sur sa paume gauche.

Le sang jaillit sous la lame. Des gouttes écarlates tombèrent à ses pieds, et les démons s'agglutinèrent autour du cercle en montrant leurs dents pointues comme des aiguilles. Ils étaient grands et minces, d'une beauté surnaturelle, le teint couleur d'opale ou de perle.

— Sorcier, petit sorcier, dit l'un d'eux, d'une voix aussi harmonieuse qu'un carillon lointain. Me reconnais-tu ?

Une douleur lancinante vrillait la main gauche entaillée de Randal. Le sang s'en échappait abondamment, à présent, formant par terre une flaque rouge vif. Convaincu de la solidité de son cercle, Randal regarda le démon.

— Je te connais, rétorqua-t-il. Tu t'appelles Éram, et je t'ai déjà combattu une fois dans la tour de maître Balpesh.

Le démon partit d'un rire cristallin :

— J'ai bien failli boire ton sang, ce jour-là !

Randal se détourna. Si son prochain sort marchait, il n'aurait plus à traiter très longtemps avec les démons. Il se pencha pour tremper un doigt dans la mare qui s'étalait à ses pieds, puis, avec son sang, repassa l'un après l'autre les symboles gravés dans la terre autour du cercle. Après une profonde inspiration, il entonna la litanie qui devait soumettre un maître sorcier à sa volonté.

C'était dur, bien plus dur que tout ce qu'il avait jamais eu à accomplir jusqu'alors. Mais cela marchait. Petit à petit, obéissant à sa volonté, se tissait le lien qui devait l'unir à Varnart. Et malgré l'épreuve qui s'annonçait, il goûta la beauté et la satisfaction d'un sort à l'exécution parfaite, vibrant dans ses veines comme de la musique.

Lorsqu'il eut prononcé les dernières syllabes de la formule, les lettres qu'il venait de tracer s'enflammèrent. Il sentit la porte magique s'ouvrir, et maître Varnart apparut dans le cercle lumineux.

Éram en tête, les démons se pressèrent autour d'eux, emplissant l'atmosphère d'une clameur semblable au tintement du cristal. Ils battaient l'air au-dessus du cercle de leurs mains griffues, aussi fines et effilées que des couteaux.

— Écartez-vous, ordonna Randal à Varnart. Mes amis et moi devons emprunter votre porte magique.

— Imbécile ! s'écria Varnart. Tu t'imagines que, en me contraignant à venir ici, tu arriveras à quelque chose ? Certes, tu m'as invoqué, mais cela ne me livre pas à toi pieds et poings liés. Si cet endroit doit être notre terrain de combat, qu'il en soit ainsi. Je suis prêt.

À ces paroles, Randal sentit le courage l'abandonner. « Le sort a marché, mais si la magie exécutée dans le sang n'est pas assez forte pour contrôler Varnart, comment puis-je espérer le vaincre ? »

À l'extérieur du cercle, Éram éclata de rire :

– Battez-vous, mortels ! Ainsi, je pourrai me repaître du sang de deux sorciers au lieu d'un.

Chapitre 10 : La quadrature du cercle

— Silence, ordonna Varnart au démon. Je m'occuperai de toi en temps utile.

Puis, se tournant vers Randal :

— D'abord, je vais devoir te tuer. Tu t'es dressé trop souvent en travers de mon chemin, et je n'ai pas l'intention de te laisser recommencer.

— Tu n'oseras pas briser le cercle, le défia Randal.

« Et, moi, je n'oserai pas employer un sort de bouclier, ajouta-t-il pour lui-même. Du moins, pas tout de suite. Varnart a le pouvoir de le rompre, comme il a démoli les murs du château. Mieux vaut attendre qu'il passe à l'action. »

— Non, en effet, confirma le sorcier d'un ton doucereux. Je ne peux pas briser le cercle.

Il sourit :

— Seulement, je n'ai nul besoin de le faire.

Il esquissa un geste, et Randal se sentit violemment oppressé, comme si une main de géant se refermait sur sa poitrine. Il tenta de prononcer les mots du sort de bouclier, mais sa voix refusa de lui obéir. En vain, il lutta pour respirer, sous le regard impassible de Varnart.

– L'ennui avec les jeunes compagnons, remarqua le maître sorcier d'un ton détaché, c'est qu'ils croient tout savoir. Le lien qui m'a fait venir ici nous unit toujours, toi et moi, et la magie circule dans les deux sens.

Randal tomba à genoux, et tout s'obscurcit autour de lui. Il lui semblait que, d'une seconde à l'autre, ses os allaient craquer, ses poumons exploser. Alors, c'en serait fini de lui.

Les démons rugirent de joie en voyant le cercle s'affaiblir à mesure que ses forces diminuaient.

« Mes amis vont mourir au milieu des démons, et Carnouguel sera livré aux mains d'un faux roi, pensa-t-il confusément, au bord de l'évanouissement. Mon cauchemar n'avait pas menti. J'ai trahi la confiance de tout le monde. »

Puis, à travers le brouillard qui troublait sa vision, il vit la frêle silhouette de Lys se ruer en avant pour enfoncer son javelot dans les côtes de Varnart.

– L'ennui avec les maîtres sorciers, gronda-t-elle en retirant l'arme, c'est qu'ils se croient les plus forts ! Aide-moi, Walter !

Déjà, l'épée de Walter s'abattait. Varnart s'écroula ; mais son sort continuait d'agir après sa mort, empêchant Randal de respirer.

Le ciel s'obscurcissait de plus en plus. Conscient d'être allongé par terre, Randal réalisa confusément que le cercle se brisait, et vit un démon aux crocs luisants descendre vers lui dans un gracieux vol plané, ses ailes de gaze déployées.

Puis des mains vigoureuses le saisirent par les épaules pour le tirer jusqu'au pied de l'arbre triple. Une bouche tiède se posa sur la sienne, et l'air emplit de nouveau ses poumons. Sa vision s'éclaircit légèrement, lui montrant Lys agenouillée près de lui. Elle inspira profondément, avant de souffler une nouvelle bouffée d'air dans ses poumons endoloris.

À son tour, Randal prit une longue inspiration hésitante et s'assit. Ses mains le faisaient souffrir, une douleur lancinante vrillait à la fois la vieille cicatrice de la paume droite et l'entaille de la main gauche. Lys n'avait pas bougé. Walter se tenait à quelques pas, l'épée au clair, adossé au tronc de l'arbre. Diamante, à côté de lui, effleurait du bout des doigts les traces anciennes de coups de hache qui marquaient l'écorce du sorbier.

Le jeune sorcier baissa la tête, incapable d'affronter le regard de ses amis.

– Je suis désolé, murmura-t-il. C'est la fin, on dirait.

– Non, ce n'est pas la fin ! protesta Lys. Pas tant que tu vivras.

À quelque distance derrière elle, les démons planaient au-dessus d'une silhouette inerte. Randal vit un lambeau de velours brodé, ensanglanté, voler par-dessus les têtes de la meute grondante et s'éloigner en flottant dans la brise.

– Ça ne va plus tarder, dit-il en se hissant pour s'appuyer au tronc. Ils sont occupés pour l'instant, mais ils ne mettront pas longtemps à se rappeler notre existence.

Lys vint s'asseoir à côté de lui, son luth sur les genoux.

– Pourrais-tu tracer un autre cercle ?

Il secoua la tête avec lassitude.

– Je n'en ai pas la force. Et d'ailleurs, fit-il en agitant la main en direction des démons en train de se repaître du corps de Varnart, maintenant qu'ils ont goûté au sang d'un sorcier, rien de ce que je pourrais faire ne les arrêterait.

Lys caressa les cordes de son luth, entonnant une mélodie triste, où subsistait pourtant une lueur d'espoir. Plus loin, Diamante semblait s'adresser à l'arbre triple, lui murmurant des mots dans une langue que Randal ne comprenait pas. À mesure qu'elle parlait, les marques de coups de hache sur le tronc s'estompaient, et Randal sentait la douleur de sa main gauche s'atténuer. Le sang cessa de couler de l'entaille toute fraîche, qui se referma et s'effaça sans laisser de traces. Regardant sa main droite, il découvrit que la vieille cicatrice, elle aussi, avait totalement disparu.

Il plia les doigts et, pour la première fois depuis bientôt trois ans, put les remuer sans gêne. «La magie des elfes! songea-t-il. Lente, mais sûre. Si seulement elle avait pu soigner de la même façon les blessures de Carnouguel...»

C'est alors qu'Éram, se détachant du groupe de démons qui s'acharnaient sur le corps du sorcier, s'approcha de l'arbre. Walter s'avança, son épée pointée vers lui.

– Ne compte pas m'arrêter, lui dit Éram. En revanche, si tu te rends, je te promets une mort sans souffrance. Offre-moi ta gorge.

– Non! répliqua Walter. Si tu veux notre mort, tu devras te battre.

Le démon rit.

– Le sang d'un sorcier, d'une princesse, d'un guerrier et d'une musicienne... Quelle perte pour le monde des mortels et pour le Doux Royaume ! Oh, et quel festin pour nous !

Alors Randal, stupéfait, vit Walter sourire.

– Le Doux Royaume, dis-tu. Je te sais gré, messire démon, de m'y avoir fait penser.

À cet instant, les autres démons se détournèrent de leur sinistre banquet pour venir se presser autour de l'arbre triple. Walter leva les yeux vers le ciel.

– Roi des elfes ! cria-t-il. Entends mon appel ! Je te demande de tenir ta parole et de payer ta rançon ! Viens me secourir dans l'adversité !

À ces mots, les démons passèrent à l'attaque. Sans relâche, Walter se mit à abattre en tous sens la lame de son épée. Un démon tombait à chacun de ses coups, mais les membres sectionnés continuaient à remuer et l'assaillaient en rampant.

Walter luttait toujours. Un démon, empoignant son bouclier, le tira vers lui pour précipiter le chevalier dans la meute en colère. De toutes ses forces, Lys lui envoya son luth dans la figure ; puis, avec l'aide de Diamante, elle ramena Walter sous l'arbre.

Randal se releva pour jeter sur les démons un éclair magique. L'une des créatures explosa, se muant en une grande flamme noire et huileuse. Un nouvel éclair, suivi d'une sphère de feu incandescente, eut raison de deux autres, et un troisième se figea, frappé par un sort d'immobilisation. Depuis que Diamante avait soigné l'arbre, Randal jouissait d'un regain de force et d'énergie ; cependant, il savait que chaque sort qu'il lançait épuisait un peu plus son pouvoir.

Les démons continuaient d'affluer. « Advienne que pourra, songea-t-il. Si nous échouons, tout est perdu, de toute façon. J'utiliserai ma magie jusqu'au bout, sans me soucier d'en garder en réserve. »

D'une gerbe de lumière colorée, il transperça le corps de plusieurs démons, qui s'effondrèrent. Hélas, pour chaque démon tombé, un autre apparaissait.

Soudain, la note basse et prolongée d'un cor résonna au loin. Un second cor joignit bientôt sa voix au premier, plus près, et le son se rapprochait toujours.

Diamante poussa un petit cri de joie :
— Les cors du royaume des elfes !

Guidés par le roi des elfes en personne, des cavaliers surgirent de la forêt, leurs vertes bannières claquant au vent. Leurs épées fouettaient l'air de leurs longues lames. Leurs lances perçaient la chair des démons. Les uns après les autres, leurs adversaires tombaient sous les coups, et, cette fois, ne se relevaient pas.

Sans ralentir, les elfes se ruèrent dans la clairière, piétinant au passage les os de Varnart sous les sabots de leurs chevaux noirs comme la nuit. Le démon Éram tenta de se dresser sur le chemin du roi, avant de s'élever en tournoyant comme une feuille dans le vent. Les autres démons, suivant son exemple, se dispersèrent avec des piaillements de colère.

Quatre chevaux sans cavaliers, menés par la bride par Ullin, l'elfe roux, galopaient en première ligne de l'armée des elfes. Ils s'immobilisèrent au pied de l'arbre triple.

— Montez, ordonna l'elfe aux quatre compagnons. Nous n'avons pas toute la journée devant nous.

Ils obtempérèrent et se mêlèrent au reste de la troupe. Après une chevauchée endiablée à travers la forêt des démons, ils parvinrent dans la plaine, en terrain découvert. Au loin, devant eux, se dressait une masse verte indistincte.

Ils poursuivirent leur course dans le crépuscule, droit sur la tache verte. Quand ils se furent approchés, Randal reconnut la colline de Doun. Une couronne de fumée nimbait le château, des pans de murs étaient en ruine, mais la bannière de la reine flottait toujours sur la tour de guet.

L'armée des elfes franchit les murs abattus, piétinant les décombres, frappant ceux qui attaquaient encore les derniers défenseurs. Rien ne pouvait résister à leurs épées ni aux sabots de leurs montures surnaturelles. L'armée de Rocourt s'éparpilla devant eux.

Volant dans les airs jusqu'au sommet de la tour, les chevaux y déposèrent Randal et ses compagnons. Sous la bannière se tenaient le seigneur Alyen et messire Palamon. Non loin d'eux, maître Madoc s'appuyait contre le mur, en sang, mais vivant.

Le roi des elfes mit pied à terre et grimpa sur le parapet le plus élevé.

– Écoutez-moi ! cria-t-il, imposant à tous le silence.

Sur un geste de sa main, Diamante monta le rejoindre, tandis que deux porte-drapeaux brandissaient bien haut la bannière verte du royaume des elfes.

– Voici votre vraie reine, clama-t-il d'une voix qui devait porter jusqu'au moindre recoin du château, et jusqu'au fin fond de la campagne. Quelqu'un doute-t-il de mes paroles ? Qu'il parle !

Au pied de l'enceinte, un homme s'avança. Il marcha lentement jusqu'aux échelles d'assaut appuyées contre les murailles. Il arborait sur son écu et son surcot le corbeau noir que Randal avait vu brodé sur la bannière des attaquants.

Hugo de Rocourt !

Barreau après barreau, l'usurpateur escalada l'échelle. Personne ne tenta de s'interposer. Parvenu au sommet de la tour, il se posta devant Diamante dans une attitude menaçante. Le roi des elfes, debout derrière la princesse, avait posé les mains sur ses épaules.

Hugo tira son épée du fourreau et la brandit au-dessus de sa tête.

De nouveau, comme dans la grande salle du roi des elfes, Randal sentit le temps ralentir, puis se figer. Il fixa le faux roi, tous ses sens en alerte. Dans le dos de Rocourt se tenait le démon Éram, tout comme le roi des elfes se tenait derrière Diamante.

« Ah, c'est ainsi », songea le jeune sorcier. Il pointa une main sur le démon, qui le regarda.

— Je te connais, Éram, dit-il. Pars. Laisse les hommes faire leurs propres choix.

Le démon secoua la tête en souriant. Randal, tout à coup, sentit la colère le gagner.

— Ça suffit! gronda-t-il. Tu as déjà tourmenté et tué trop de mortels pour ton plaisir! Quitte ce monde et laisse-le en paix!

— Je suis un prince dans mon royaume, répliqua Éram. Aucun homme ne me dicte mes allées et venues.

— Non, reconnut Randal, en effet.

Tout en parlant, il entama dans sa tête la litanie qui lui avait permis d'ouvrir la porte magique entre le monde des démons et celui des hommes. Sans cercle ni symboles magiques pour canaliser le pouvoir qu'il invoquait, il n'avait que sa seule détermination pour parvenir à ses fins. Mot après mot, il bâtit mentalement la porte magique et la sentit prendre forme derrière Éram.

— Tu ne te plies pas aux ordres des hommes, poursuivit-il à l'adresse du démon. Mais à présent…

La porte était prête. Randal invoqua encore davantage de pouvoir pour préparer un éclair magique, qu'il tint en suspens.

— Mais à présent, poursuivit-il, tu vas obéir au mien ! *Aperite portae ! Ruat fulmen !*

Le tonnerre frappa à la seconde où la porte s'ouvrait. Un éclair de lumière bleutée atteignit Éram en pleine poitrine, le soulevant de terre. Le démon vacilla, tomba en arrière et plongea dans le néant avec un long hurlement. Bientôt, il ne fut plus qu'un petit point, avant de disparaître tout à fait.

La porte magique se referma avec un petit claquement sec. Et le temps, de nouveau, reprit son cours.

Hugo brandissait toujours son épée, debout face à Diamante. Tout à coup, il s'agenouilla et retourna son arme dans sa main pour présenter la garde à la princesse.

— Je suis à votre service, déclara-t-il. Disposez de moi comme bon vous semblera.

Diamante saisit l'épée, la garda un moment en équilibre dans sa main, puis la lui rendit.

— Relevez-vous, Hugo de Rocourt. Rassemblez vos hommes et partez en paix.

Puis elle ajouta d'une voix plus forte, afin d'être entendue de tous :

— Que le sang cesse de couler et que la vie reprenne ses droits dans le royaume de Carnouguel !

Tandis qu'elle parlait, les dernières flèches du soleil couchant illuminèrent le sommet de la tour, encore couronnée de fumée. Le son du cor retentit au loin, derrière les collines. Le roi des elfes sauta en selle, et toute son armée s'éleva dans le ciel, toujours plus haut, avant de se confondre avec les nuages et les oiseaux, et de disparaître.

À Carnouguel, le soleil se couchait tard à la Saint-Jean, après de longues heures d'un crépuscule violine. Et les flambeaux brûlèrent encore plus tard à la fête du couronnement de la reine Diamante dans la salle de banquet de Doun. Comme le jour du retour de Randal, elle était comble. Mais, cette fois, la nourriture était abondante, et les voix joyeuses.

Diamante siégeait à la place d'honneur. Autour d'elle étaient assis tous les grands seigneurs du royaume, parmi lesquels Alyen, Hugo de Rocourt et le baron Hector de Bazeilles. Malgré les sérieuses blessures qu'il avait reçues, ce dernier avait résisté jusqu'au bout au pied des escaliers de la tour, où l'armée des elfes l'avait trouvé en train de lutter, épaulé par une poignée d'hommes.

Tant de personnages de haut rang festoyaient à cette table que Randal et ses amis avaient dû se retirer dans un coin de la salle. Là, le jeune sorcier disposait d'un bon poste d'observation sur les convives et pouvait apprécier son repas dans une relative tranquillité. Ce n'était pas le cas de Diamante. Une foule de petits seigneurs et de nobliaux, qui n'avaient pas pu lui jurer fidélité pendant la cérémonie, ne cessait de la solliciter, lui offrant présents et serments d'allégeance.

Lys et Walter encadraient le jeune sorcier. En face d'eux se tenaient Madoc le Voyageur et maître Crannach. Messire Palamon n'était pas loin, entouré d'un groupe de jeunes chevaliers qui le regardaient avec un mélange d'envie et de respect.

— Eh bien, dit Walter à Madoc, il semble que votre prédiction se soit réalisée. La dernière fois que vous êtes venu à Doun, il y a des années, vous avez dit à messire Palamon qu'il participerait à une bataille qui lui vaudrait la gloire jusqu'à la fin de ses jours. Et les bardes loueront la résistance du château de Doun au moins aussi longtemps que vivra son maître d'armes.

Croyant apercevoir maîtresse Pullen et maître Balpesh à l'autre bout de la salle, Randal questionna Madoc sur leur présence.

– Maîtresse Pullen va certainement offrir à la jeune reine la loyauté de Tarnsberg et de la Schola, lui répondit Madoc. Quant à Balpesh, sans doute est-il venu lui proposer son amitié.

Sous le hâle, Madoc avait les traits toujours tirés, car la flèche magique de Varnart lui avait fait perdre beaucoup de sang. Au moins était-il en vie, à la différence des autres victimes des flèches vertes du sorcier. Messire Iohan, ainsi que beaucoup d'autres, avait été enterré au lendemain de la grande bataille.

« Doun ne sera plus jamais comme avant, songea Randal. Oh, ils ont réparé les murs et nettoyé les dalles maculées de sang, mais cela n'effacera pas le passé. »

Il soupira. « De tous ces événements, lesquels ai-je provoqués, et lesquels se seraient produits de toute façon ? »

— Qu'est-ce qui ne va pas, mon garçon ? s'inquiéta Madoc. Nous assistons à une fête de couronnement, et tu fais une tête d'enterrement.

— Excusez-moi. C'est que tant de gens que je connaissais ont disparu... Je ne comprends même pas comment vous avez survécu.

Maître Crannach, glissant un coup d'œil furtif vers Madoc, sourit.

— La magie des mortels ne marche pas toujours sur ceux qui ne sont pas d'ascendance cent pour cent humaine. Vous savez, les femmes des tribus du Nord choisissent parfois leurs époux parmi les cavaliers de l'armée des elfes.

« Madoc est donc à demi-elfe », se dit Randal. Sans doute n'aurait-il pas dû être surpris. Il n'avait pas oublié le récit que le maître sorcier lui avait fait de sa première rencontre avec le jeune chevalier qui allait devenir le père de Diamante. « Ainsi, tu es le fils du grand roi, lui avait-il déclaré, et, moi, je suis le petit cousin du roi des elfes. »

Randal regarda son vieil ami : « J'avais cru qu'il plaisantait. Seulement, un sorcier comme Madoc ne mentirait pas, même pour rire. »

— Tout cela est très bien, intervint Walter, assis à la gauche de Randal. Mais, puisque le roi des elfes a pu voler à notre secours dans le monde des démons, je ne comprends pas ce qui l'empêchait de venir dans le nôtre pour placer lui-même Diamante sur le trône.

— Le roi des elfes est puissant, répondit Madoc, et règne en maître absolu sur son peuple. Pourtant, malgré tout son pouvoir, il ne peut quitter le Doux Royaume. À moins que quelqu'un ne l'appelle, comme vous l'avez fait, pour qu'il s'acquitte d'un serment. Avant votre visite, il était incapable d'enrayer la décrépitude de son royaume. Ce n'est que grâce à vous trois qu'il a pu agir, et rétablir l'équilibre dans les deux univers en même temps.

La réponse parut satisfaire Walter. À cet instant, le regard de Randal surprit un nouvel arrivant, qui n'était autre que maître Petrucio, sorcier à la cour d'un pays du Sud, bien loin de l'autorité de Carnouguel. Après avoir inspecté la salle des yeux, ce dernier rejoignit le petit groupe d'un pas vif.

— Crannach, Madoc, je vous salue, dit-il. Arriverais-je trop tard ?

— Trop tard pour le dîner, répliqua Madoc. Mais je pense que tu trouveras encore quelques restes.

— Maître Petrucio, je croyais que vous étiez l'homme du prince Vespien ! s'étonna Randal. Ne me dites pas que vous êtes venu jurer fidélité à la reine Diamante.

— Je suis chargé d'un message pour Sa Majesté.

Puis, souriant aux deux sorciers, il ajouta :

— On se croirait revenus au bon vieux temps, hein ?

— Petrucio, Crannach et moi partagions la même chambre à la Schola quand nous y étions apprentis, expliqua Madoc aux convives. Ils avaient mis tous les étrangers dans le même sac. Et maître Varnart faisait partie des jeunes professeurs qui nous menaient la vie dure.

Alors que Randal s'apprêtait à questionner Petrucio davantage, la voix du héraut interrompit les conversations :

— Messire Walter de Doun, Randal de Doun, demoiselle Lys d'Occitanie, veuillez vous présenter devant Sa Majesté !

Le silence se fit. Randal, Walter et Lys se levèrent pour se frayer un chemin entre les rangées de tables jusqu'au siège d'honneur de Diamante. Le jeune sorcier s'agenouilla aux pieds de la reine entre son cousin et son amie, et attendit qu'elle prenne la parole.

— Messire Walter, demanda-t-elle, pour quelle raison n'avez-vous pas encore prêté allégeance à la couronne ?

— Mon père l'a déjà fait au nom de tout le domaine de Doun, répondit le chevalier, et je suis lié par son serment.

— Au nom de Doun, oui, fit Diamante, mais le royaume de Carnouguel a besoin d'un maréchal pour veiller sur ses frontières et maintenir la paix. Êtes-vous prêt à assumer cette fonction ?

Walter resta un instant médusé.

— Je... je n'en suis pas digne, Votre Majesté.

— Ce poste requiert un homme que je connaisse et qui ait ma confiance. Qui conviendrait mieux qu'un chevalier qui s'est battu pour moi au péril de sa vie dans trois mondes différents ? Je vous le redemande : me jurerez-vous fidélité ?

« Dis oui, le pressa silencieusement Randal. Tu le mérites autant qu'un autre. Et si elle donnait ce poste à l'un des grands seigneurs, il ne jouirait pas de la confiance des autres. »

Walter inclina la tête.

— Je vous en fais le serment, Votre Majesté.

— Alors, relevez-vous. Je vous charge de ma protection et de celle de mon royaume. Et je vous accorde toute ma confiance.

Walter obtempéra et prit place à la droite de la reine, place réservée au maréchal. Diamante tourna alors les yeux vers Lys :

— Demoiselle Lys, vous non plus, vous ne m'avez pas juré fidélité.

— Votre Majesté, souffla Lys dans un murmure, je suis une chanteuse, une acrobate, une saltimbanque, et je fus même jadis une voleuse. Les rois et les reines n'ont que faire des serments des gens de ma sorte !

Diamante rit de bon cœur.

— Le roi des elfes en personne était prêt à donner à votre chant le prix que vous demanderiez. Et moi, je dis que la demeure d'une reine devrait résonner de musique. Acceptez-vous de prêter serment et de pratiquer votre art au palais ?

Cette fois, ce fut d'une voix presque inaudible que Lys lui répondit :

— Oui, Votre Majesté.

Elle se releva pour aller s'asseoir à la place officielle du barde royal, au pied du trône.

Randal resta seul agenouillé devant Diamante.

Comme celle-ci ne disait rien, un long silence s'instaura dans la grande salle.

Enfin, ce fut Randal qui parla :

— Votre Majesté, je sais que je ne vous ai pas encore fait acte d'allégeance, et c'est avec joie que je le ferais, si je le pouvais. Mais je ne suis encore qu'un compagnon sorcier, tenu d'errer de par le monde en quête de nouvelles connaissances magiques. Mon serment n'aurait guère de valeur, alors qu'à tout moment les exigences de mon art peuvent m'appeler à reprendre la route.

— C'est maintenant que votre art vous appelle, affirma la reine.

Sur un signe de sa main, tous les maîtres sorciers présents dans la salle s'avancèrent : maîtresse Pullen, Madoc, Crannach, Petrucio, Balpesh, tous se regroupèrent autour de Randal.

— Avez-vous quelque chose à dire ? leur demanda Diamante.

— Oui, Votre Majesté, répondit maîtresse Pullen. Nous avons à faire avec le jeune compagnon que voici.

— Nous vous écoutons.

Maître Balpesh fit un pas en avant.

— Nous t'avons observé avec attention, dit-il à Randal, depuis tes débuts incertains, tout au long du chemin difficile que tu as suivi jusqu'à ce jour.

— Pour cette raison, enchaîna maître Crannach, juste avant que je quitte Tarnsberg pour venir ici, les régents de la Schola ont décidé que, si toi et nous-mêmes survivions à cette bataille, tu mériterais d'être récompensé.

— Le prince Vespien le Magnifique, souverain de Peda, m'a chargés d'une double mission, continua

Petrucio. D'abord, il offre à la reine de Carnouguel d'unir leurs deux royaumes par des liens d'amitié.

Puis maître Petrucio se tourna vers Randal, qui vit alors dans ses mains un gros paquet de drap plié.

– À toi, le prince Vespien envoie ceci, cousu et brodé par la main de dame Astrid, que tu as jadis secourue sans autre bénéfice que la conscience d'avoir bien agi.

Le sorcier du Sud déplia le tissu. C'était une robe de sorcier, une vraie robe de maître aux manches larges et à la grande capuche, entièrement brodée au fil d'argent de symboles mystiques. Petrucio la tint devant Randal.

– Lève-toi et enfile-la, car elle est à toi.

Randal resta sans voix. Il se leva et, indécis, se tourna vers Madoc.

– Oui, mon garçon, lui confirma celui-ci. Nous connaissons tous les formalités requises pour achever des études de sorcier, la présentation d'un chef-d'œuvre et tout le reste.

Il sourit :

– Mais tu n'as jamais rien fait comme les autres apprentis et compagnons. Pourquoi commencerais-tu maintenant ? N'importe quel compagnon n'est pas capable d'invoquer un maître sorcier aussi puissant que Varnart, ni de bannir un prince démon comme Éram. On peut appeler cela un chef-d'œuvre, sans aucun doute. Les régents partagent l'opinion que la reine a besoin d'un maître sorcier à ses côtés, et aucun de nous n'a eu de meilleur candidat à proposer que toi. Alors va, porte cette robe. Tu ne l'as pas volée… maître Randal.

Madoc ôta la robe de compagnon des épaules de Randal, et Petrucio tint l'autre pour l'aider à l'enfiler. Crannach et maîtresse Pullen bouclèrent sa ceinture.

– Maintenant, je vous le demande, maître Randal, reprit Diamante. Me prêterez-vous serment et tiendrez-vous à mes côtés le rôle de sorcier de la cour?

Le regard de Randal alla de la reine à Lys, puis à Walter. Il s'agenouilla devant le trône et déclara:

– Oui, de tout mon cœur, Votre Majesté.

FIN

Si vous avez aimé *La fille du grand roi,* sixième et dernier tome de la série du Cercle magique, vous pourrez retrouver Randal, Lys et Walter dans les précédents volumes de leurs aventures :

Randal, l'apprenti sorcier, T. 1
Le secret de la tour, T. 2
Le pouvoir de la statuette, T. 3
Danger au palais, T. 4
Le château du sorcier, T. 5

Dans la même collection

MICHEL AMELIN
La momie décapitée, N° 120

PASCAL BASSET-CHERCOT
Morgane, N° 140

HUBERT BEN KEMOUN
Un cadeau d'enfer, N° 113

PATRICIA BERREBY
ET CHRISTOPHE NICOLAS
L'emm@ileur, N° 155

BÉATRICE BOTTET
La fille du pirate, N° 149

JÉRÔME BOURGINE
L'œuf de cristal, N° 146

MARYSE CONDÉ
Rêves amers, N° 119

HORTENSE CORTEX
Garçon manqué, N° 122

JEAN-MARIE DEFOSSEZ
Aïninak, N° 145

MARIE-HÉLÈNE DELVAL
Les chats, N° 160
La dame rouge, N° 165

MARIE DESPLECHIN
Copie double, N° 101
Les confidences d'Ottilia, N° 117
Ma vie d'artiste, N° 138
Dis-moi tout, N° 150

RÉGINE DETAMBEL
Écoute-moi ! N° 110
Jalouse, N° 142

D. DOYLE ET J. D. MACDONALD
Le Cercle magique
Randal, l'apprenti sorcier, N° 151
Le secret de la tour, N° 154
Le pouvoir de la statuette, N° 157
Danger au palais, N° 158
Le château du sorcier, N° 163
La fille du grand roi, N° 166

IRINA DROZD
Un tueur à ma porte, N° 103
Le garçon qui se taisait, N° 107

MALIKA FERDJOUKH
La fille d'en face, N° 129

RENÉ FRÉGNI
La nuit de l'évasion, N° 118

ALAIN GERBER
Le roi du jazz, N° 127

LAURENCE GILLOT
Coup de foudre, N° 112

JEAN-PAUL GOUREVITCH
La vengeance
des Barbares, N° 167

CHRISTIAN GRENIER
Je l'aime, un peu,
beaucoup... N° 116
Le visiteur de l'an 2000, N° 130
Urgence, N° 145

PAULA JACQUES
Samia la rebelle, N° 102

ALAIN KORKOS
Akouti-les-Yeux-Clairs, N° 139

MARTINE LAFFON
Fou du vent, N° 152

CHRISTOPHE LAMBERT
Le fils du gladiateur, N° 148

DANIÈLE LAUFER
L'été de mes treize ans, N° 126

THOMAS LECLERE
Mauvais garçon, N° 137

W. LEWIN ET M. MARGRAF
La troupe du loup
Le moine, N° 159
L'ami, N° 169

CLAUDE MERLE
La révolte des barbares, N° 131
La déesse de la guerre, N° 132
Le sang de Rome, N° 133

CHRISTIAN DE MONTELLA
Reste avec moi, N° 114
L'équipe, N° 125
La fugitive, N° 135
Le dernier sprint, N° 144

MARIE-AUDE MURAIL
La peur de ma vie, N° 104
Moi, le zoulou, N° 106
Devenez populaire en cinq
leçons, N° 108
Le défi de Serge T., N° 109
Jeu dangereux, N° 136
Dragon-mania, N° 156

KENNETH OPPEL
Silverwing, N° 162

BRIGITTE PESKINE
Mon grand petit frère, N° 111

GISÈLE PINEAU
Case mensonge, N° 153

FLORENCE REYNAUD
Maldonada, N° 115
Le traîneau d'Oloona, N° 121
Enfant de personne, N° 147

FRANÇOIS SAUTEREAU
Les kilos en trop, N° 134

Boris Sitruk
Ma vie est une galère ! N° 128

Brigitte Smadja
Ce n'est pas de ton âge ! N° 105

Marie-Agnès Vermande-Lherm
Le carnet disparu, N° 141

Catherine Zargate
**Le prince des
apparences,** N° 161

Imprimé en Allemagne par Clausen & Bosse